万安红色故事集

（三）

万安红色故事集

（三）

郭志锋　主编

政协万安县委员会　编

江西人民出版社
Jiangxi People's Publishing House
全国百佳出版社

目　录

第一辑　组织篇

记中共万安支部干事会

导语：五四运动后，马克思主义学说在中国得到广泛传播。1922 年 1 月，曾天宇利用寒假回乡的机会，邀请当地的知识分子组织"万安青年学会"，并创办《万安青年》杂志，广泛传播马克思主义新思想。1925 年 7 月，在上宏自强小学任教的共青团员刘兴汉，组织"前进社"和"学生会"，积极宣传马克思主义。马克思主义的传播，为万安第一个党组织的建立奠定了思想基础。

万安县建立的第一个党组织，叫作"中共万安支部干事会"，成立于 1926 年 7 月，支部书记是张世熙。

张世熙是万安县窑头中塘村人，出生于世代务农的贫苦人家。他从小聪明好学、追求进步，先后在县立高等小学和省立南昌第二中学读书，1917 年考入饶州省立甲种工业窑业学校，学习陶瓷专业，寻求实业救国。毕业后，他回到万安，任县立高等小学教员，在曾天宇的引导下，宣传新文化，传播新思想。

张世熙比曾天宇大两岁，两人志同道合，早年就常有书信来往，交流思想。曾天宇在北京读书的时候，经常给张世熙寄一些马克思列宁主义思想的革命书籍。1926年春，张世熙加入中国共产党。万安的早期党员，除了曾天宇、张世熙外，还有郭化非、谌光重、张一道、张世瞻、刘兴汉、彭令等人。这批早期党员的发展，为万安党组织的建立奠定了基础。

1926年7月的一个晚上，天气有些燥热，几只萤火虫环绕上宏自强小学的操场轻盈地飞舞，闪烁着微光。而刘兴汉的办公室里，一直灯火通明。原来，张世熙、张一道、谌光重、刘兴汉、彭令正围坐在一张老旧的小方桌前，秘密举行会议，商讨党组织成立事宜。大家分析了当前万安工农运动的发展形势，以及迫切需要党的统一组织领导等问题，决定成立中共万安支部干事会。

经过讨论，刘兴汉首先提议说："我认为张世熙同志工作积极，能力较强，他担任书记更合适。"彭令点头说："我也是这个意见。"大家纷纷表示同意，推举富有革命经验的张世熙担任支部书记，又推举张一道担任组织干事，彭令担任宣传干事。可是彭令几次推辞，说："我认为自己还是经验不足，难以担当。"张一道说："你就不要谦虚了，你当宣传干事，恰如其分。"张世熙见彭令还要开口，连忙挥了挥手说："就这样定了。"由此，中共万安支部干事会正式宣告成立，隶属中共吉安特支领导。

中共万安支部干事会成立了，该如何迅速开展工作呢？张世熙陷入了思考。他想到了这些年与曾天宇共同创办《万安青年》、开展工农运动的经历，决定将中共万安支部干事会的工作重点放在三个方面：一是持续开展舆论宣传，大张旗鼓宣传中国共产党的主张、宗旨，广泛传播马克思主义；二是把万安县的党员、团员和党团积极分子发动起来，把工农群众团体组织起来，开办工农运动训练班，使万安县的工农运动向着有组织、有目标的方向发展；三是发展新党员，不断壮大党的队伍。

工作思路清晰了，张世熙便马不停蹄地干了起来。1926年9月，中

上宏村自强小学遗址

共万安支部干事会创办《先锋报》，为革命大造舆论，加强工农运动的思想宣传和经验交流。10月，张世熙在县城主持召开全县提灯会，参加的有工人、农民代表和十多所小学的全体师生，一共2000多人。张世熙等人带领工农群众提灯游行，张世熙走在队伍最前面，挥舞着手臂号召大家："全县人民要迅速行动和组织起来，投入革命斗争。"大家紧跟着，高呼着"打倒军阀""打倒土豪劣绅"等口号，汹涌向前。

年底，中共万安支部干事会举办了为期一个半月的农村干部训练班，有50多名农村干部参加培训学习。张世熙、刘光万等先后给训练班学员讲课，扎实有效地培养了一批农民运动骨干分子。在中共万安支部干事会的直接领导和组织发动下，次年，万安农民自卫军、万安县妇女协会等各种社会组织相继建立。

中共万安支部干事会成立时，全县党员不到 10 人。当年底，全县党员发展到 30 人。随着党员队伍的不断壮大，工农参加运动积极性的持续高涨，1927 年 6 月，中共万安县委应运而生，张世熙担任县委书记，全县党员发展到 50 多名。到 1927 年冬，全县党员发展到 2300 多人，占当时全省党员的半数以上。1927 年，爆发了震惊中外的万安起义，1928 年建立了江西省第一个县级苏维埃政府。在万安党组织的领导下，万安革命形势呈现出星火燎原的蓬勃之态。

编后感悟：

万安第一个党组织"中共万安支部干事会"的建立，掀开了万安革命运动新的一页，标志着万安人民革命斗争领导核心、战斗堡垒的形成，为中共万安县委的成立奠定了扎实的思想基础和组织基础。万安党组织建立后，广泛宣传新文化、新思想，传播马列主义，党员队伍不断壮大，革命运动蓬勃发展。中国共产党坚强有力的领导，始终是中国革命和建设事业走向成功的关键所在。在今天推进中国式现代化的伟大实践中，我们要坚定拥护"两个确立"，坚决做到"两个维护"，紧密团结在以习近平同志为核心的党中央周围，牢固树立"四个意识"，坚守初心，奋发有为，以梦为马，不负韶华，在实现中华民族伟大复兴中国梦的新征程上奋勇前进。

（曾万飞）

创建万安农民自卫军

导语：1926 年 10 月，曾天宇和张世熙等在县立高小组织庆祝十月革命胜利 9 周年纪念大会。第二天又召开党员紧急会议，作出了收缴民团武装、成立万安农民自卫军、以区为单位建立兵工厂和硝磺厂、加紧制造武器等决定。1927 年初，时任第三军军官教育团教官的曾天宇带领学员到万安等县作社会调查，借此机会，他加紧设法收集枪械，谋划建立地方武装——农民自卫军，亲自挑选队员、组织训练，使之成长为万安起义的重要骨干力量。

"打倒帝国主义！""打倒军阀！""打倒土豪劣绅！""打倒贪官污吏！"

一个个伪教徒、土豪劣绅、贪官污吏在手持枪械的农民队伍面前瑟瑟发抖，群众的呼声一浪高过一浪。

"我们有自己的军队和武器喽！"激动不已的曾天宇，高兴得像个孩子，一蹦三尺高。

"嘭"，头痛欲裂的曾天宇猛然坐起，周围一片黑暗。原来是一场梦，枪支、军队、敌人、群众……却如此真实可见。上次党员会议决定成立万安农民自卫军、加紧制造武器，现在已经过去一个多月了，却没任何实质性进展，真让人着急。

此次回乡调查，务必要把这件事办了。想到这，曾天宇睡意全无，干脆起身，摸出火柴，点亮煤油灯。五时刚过，这是黎明前的黑暗，一阵裹挟着霜雪的寒风，陡然扑面而来。唯有不远处，赣江里的星点渔火，给人些许希望和温暖。

要建立军队，必须有枪械和青壮力量，二者缺一不可。枪？对！曾天宇猛然想起前不久，广东张发奎部队从南昌返回广东，路过万安境内，愁容不觉舒展开来，便期盼天快些亮。

天刚蒙蒙亮，曾天宇就出门了。他找到刚起床的张世熙，两人商量了一番，嘀咕了好一阵，曾天宇才离开。两人分头找到上宏、潞田、罗塘、窑头、县城等党组织联络员，要他们传递消息，督促地方党组织发动群众搜集张发奎部队留下的枪支弹药。

长征国家文化公园

不久后，各地陆陆续续传回了消息，并送来了收集到的枪支，共计30多条枪，450多排子弹。有了枪支，农民军还会远吗？曾天宇阴沉了好几天的脸，终于迎来了阳光。

冬去春来，转眼到了次年二月，经历了寒冬的万物，一切都是新的，到处生机勃勃。曾天宇觉得时机成熟了，便发出通知，要求各地农协在会员中推选出年轻力壮、思想进步、立场坚定、斗争坚决的优秀青年到罗塘来。曾天宇亲自审核把关，从各地推选上来的人员中挑选了40多名，编成三个排九个班，由一名湖南籍王姓党员担任队长，张松游为政治指导员，刘冠三为军事教官。配上之前收集的枪支弹药，万安第一支人民武装力量——农民自卫军就此诞生了。

为让这支年轻的队伍迅速成长起来，尽快掌握战斗技能，曾天宇将其开拔到龙居仙内集中训练，刘冠三负责上课和操练，罗塘农民协会负责提供后勤保障。训练20天后，为避免引起敌人的注意，保障队伍安全，农民自卫军转移至潞田沙塘坑继续训练了两三个月，军队的作战能力和水平得到有效提升，后来成为万安起义的重要骨干力量，也是红六军的重要来源之一。

曾天宇完成创建万安农民自卫军后，回到南昌投入新的战斗。6月，他又以省委特派员的身份回到万安，指导革命斗争。罗塘会议后，县委在万安农民自卫军的基础上，组建赣西工农革命军第五纵队、万安工农革命纵队，成为万安起义的主力军。

编后感悟：

万安农民自卫军早于八七会议半年成立，是赣西南成立的第一支工农革命武装，一成立，即进行正规化的军政训练，也开了赣西南各地党组织抓武装力量建设的先河。这充分显示了曾天宇等万安革命先辈认识形势、把握发展的高瞻远瞩以及克服困难、创造条件、一抓到底的执行力，在全力促进经济社会高质量发展的今天，值得我们学习借鉴。主动作为走在前，创新创造勇争先，只有真抓实干才能善作善成。

（罗莺）

中共万泰县委创建记

导语：万泰县位于中央苏区西部，隶属中央苏区江西省，从1931年11月成立至1934年11月撤销，历时三年。在苏区中央局和江西省委的领导下，万泰县委为粉碎敌人的经济封锁和反革命军事"围剿"，巩固和发展中央苏区，进行了积极而艰苦的斗争。

1927年，在党的八七会议精神指引下，万安起义取得胜利，引起了国民党反动派极大恐慌。后来虽遭到敌人疯狂报复，党组织严重受挫，但由于井冈山革命根据地和东固革命根据地的有力支援，万安的党组织很快得到恢复。

1930年5月底，中共万安县委再次领导城乡总起义，先后成立县、区、乡苏维埃政府，实现全县一片红。相邻的泰和县革命形势也渐渐好转，同样成立了县委和县苏维埃政府。不久，国民党反动派"进剿"苏区，万安、泰和两县河西（赣江以西）区域均被敌人占领，革命力量集中在河东（赣江以东）区域，并得到进一步发展。

1930年12月，万安县委、县苏维埃政府迁至泰和古坪，从此万安游击队和泰和游击队并肩作战。1931年1月，在泰和古坪成立万泰河东工作委员会，以便加强两县政治上的团结和经济上的联系，对付国民党的围攻，后参与中央苏区第二、第三次反"围剿"。

1931年11月，为进一步加强万、泰苏区革命工作的领导，奉江西省委的指示，撤销万泰河东工作委员会，将万安、泰和合并，拟立即成立中共万泰县委和万泰县苏维埃政府。

那是很特别的一天，天气晴朗，风轻云淡。在泰和沙村刘家祠堂里，镰刀与斧头的图案高挂祠堂正上方。谢其训、胡家宾、曾吉祥、胡启训等9人坐在主席台。127位来自万安与泰和的党员代表坐在祠堂中间简易的长条木凳上，连同坐在周围的列席代表共200多人。原来，中共万泰县第一次党员代表大会就在这里召开。

吉安中心县委书记毛泽覃走上讲台，他黑发浓密，双眼有神。今天，他要向大家作的政治报告，题目为《目前革命形势和党员、干部的工作任务》。他一开口，洪亮的声音便在会场里回荡："同志们，代表们，根据苏区江西省委指示，今天我们在这里要成立中共万泰县委，建立万泰

枧头万太遂区政府旧址

县游击队、独立团，建立雇农工会、互济会、反帝拥苏同盟会、妇女会等革命群众组织。"

毛泽覃环视整个会场，接着说："我们要密设岗哨，监视敌人，开展肃反工作，支援红军作战，开展游击战争，

茅坪村

整顿和巩固革命组织，同时还要发行经济建设公债，慰问红军，优待红军家属，清理财经，实行统一的财经制度。"

一石激起千重浪，毛泽覃的报告在代表中引起强烈反响。通过三天的讨论研究，大会选举产生了中共万泰县委员会。

万泰县委、县苏旧址

大会结束后，又在刘家祠召开万泰县第一次苏维埃代表大会。会上，主席候选人曾吉祥作了讲话。他说："根据苏区江西省委指示和万泰县委的决议，万泰县要成立工农兵苏维埃政府。政府内设内务、财政、军事、土地、劳动、粮食、工农检察、国民经济、教育、裁判、贸易等11个部门和一个政治保卫局。并分设窑头、塘上、茅坪、沙村、东缝、丝茅坪、冠朝、文塘、古坪、寺下、黄亭11个区。"

曾吉祥又讲："我们要成立万泰游击队、万泰独立团。动员工农青年积极参加游击队。游击队要不断将队员补充到独立团，使独立团经常保持在1000人左右，独立团的红军要不断补充到主力红军。"

最后，他坚定地表示："红军是我们自己的军队，万泰苏区人民对红军要无比热爱和支持，红军过境时要箪食壶浆，夹道欢送，要组织向导队、担架队、运输队，为红军带路，运输物品。"

万泰县第一次苏维埃代表大会选举曾吉祥同志为主席，胡啟训为副主席，苏维埃政府委员共23人。

成立万泰县委和万泰县苏维埃政府后，扩红、查田运动开展得轰轰烈烈，并提出"查田查阶级，迅速发展党员，大力扩大红军，加强革命骨干，壮大革命力量"的口号。

时光荏苒，短短三年，万泰县发展党员3500多人，先后建立了县、区、乡苏维埃政府，武装队伍也很强大，县有左路军、游击队、独立团、独立营、模范师、模范团、少年先锋队、警卫营；区有游击队、警卫连、赤卫军、少年先锋队；乡有游击队、赤卫队、少年先锋队。在扩红运动中，出现了父送子、妻送郎、兄弟争着参军的喜人局面。此外，建立竹业、药业、互济、消费等合作社120多个，开展节省运动，保证红军给养，每个村庄设有夜学班，万泰县共有列宁小学108所，红军家属及贫苦工农子弟全部免费上学。

三年甲，为建设苏区保卫政权，壮大革命力量，万泰县留下了不可磨灭的历史功绩。万安、泰和的游击队在泰和沙村编成万泰独立团。该团下辖9个连，1000余人，枪500多支，独立团建成后，协助萧克领导的红军十七师，痛击了国民党二十八师，先后参加潞田战斗和东安城第四次反"围剿"行动，与敌人在兴国和瑞金浴血奋战。1932年4月，该团编入萧克领导的独立第五师，成为主力红军。

1933年9月，万泰县第三次党代会之后，万泰县各区游击队和警卫连总计1600多人在万安窑头改编为中国工农红军左路军第一师第一团，下辖7个连和特务排、宣传队。该团赴湘赣苏区与敌正规军和靖卫团频繁作战。1934年2月，奉湘赣省委书记任弼时和第十七师师长萧克命令，该团调回江西军区，经马家洲、韶口进攻万安城受挫后，开到沙村整编，一部编入中国工农红军第二十二军，一部留在地方坚持斗争。

1934年10月，编入红军主力的左路军与中央红军一起撤离中央苏区，开始长征。11月万泰县随之撤销。

编后感悟：

　　万泰县苏区的创建，是中央苏区红色政权创建的一个缩影，也是中央苏区时期波澜壮阔革命斗争的一个侧面。探寻万泰县的创建史，回顾中国共产党建立红色政权、创建人民军队、开展土地革命、武装夺取政权的革命历程，目的在于缅怀革命先烈，传承红色基因，赓续红色血脉。新时代新征程，我们要坚持学习贯彻习近平新时代中国特色社会主义思想，践行初心使命，主动担当作为。

（肖岱芸）

中共赣西特委在万安成立

导语：1927 年 10 月，中共赣西特委在万安县宣布成立。赣西特委的成立，不但有力领导了吉安地区各个县的农民武装起义，组建和保存了一部分地方革命武装，而且锻炼和造就了一批革命骨干，积累了较为丰富的革命武装斗争经验，为后来东固革命根据地、赣西南革命根据地乃至井冈山革命根据地的建立奠定了坚实基础。

由于蒋介石、汪精卫背叛革命，国内政治局势陡然逆转，轰轰烈烈的大革命运动转入低潮。1927 年 8 月 7 日，中共中央在汉口召开了紧急会议，总结了大革命失败的教训，确定了实行土地革命和武装斗争的方针，把发动农民举行秋收起义作为当时党的主要任务之一，决定在群众及革命基础较好的湘、鄂、粤、赣四省举行秋收起义。

1927 年 10 月，中共江西省委根据八七会议精神，为便于加强对各地武装起义的领导，决定将全省划为赣东、赣西、赣南、赣北四个特区，并分别建立中共特委，派汪群、曾延生到赣西指导工作，组建赣西特委。

根据省委安排，汪群、曾延生很快来到了万安县罗塘乡，和曾天宇等人见了面，说明了来意。

汪群说："我们一路过来，一路观察，感觉万安人民革命热情高。之前，你们创办的《万安青年》刊物，我们都看到了，办得不错，对传播马克思主义起到了很大作用。目前，根据八七会议精神，为了加强对武装起义的领导，省委决定在万安组建中共赣西特委。"

得知省委将在万安组建赣西特委，曾天宇非常高兴，浑身充满了斗志。他对万安的革命情况作了汇报，他介绍说，1926年5月，成立了万安县团支部；1926年7月，成立了中共万安支部干事会；1927年6月，正式成立了中共万安县委。万安县委成立后，党员队伍和党的组织得到不断发展。

曾天宇特别说道："前不久，我们召开了全县第二次党员代表大会，有70多名党员参加。会上，我传达了八七会议精神和省委指示，同志们集中讨论了举行万安起义的问题。现在，我们正在准备武器，进一步发动群众。"

汪群、曾延生边听边连连点头，对万安县委和曾天宇等人的工作很是赞赏，心里对组建赣西特委更有信心了。

1927年10月，在万安正式宣布成立中共赣西特委，机关驻罗塘圩，直接由中共江西省委领导。吉安各县人民在赣西特委的领导下，先后进行了莲花、泰和三十都、东固、万安、延福、官田、永丰安福起义。

10月12日，中共万安县委在罗塘乡村背村召开全县党的活动分子会议，决定在全县举行武装起义。汪群、曾延生等人参加了会议。会上，汪群代表省委作了报告，他说："省委决定在万安举行起义，是作了充分考虑的，因为万安革命基础好。我们要在全省先发动，夺取县城，建立苏维埃政权。"

曾延生作为赣西特委代表作了讲话，他说："目前，万安起义的条件比较成熟。为了确保起义取得成功，还要加快成立武装队伍，加紧进行

曾延生像

武装训练，提高战斗力。"

会上，曾天宇坚定地表示："我们一定全力以赴，早日攻下县城，狠狠打击敌人的嚣张气焰，以此作为中共赣西特委组建后的第一个大胜利！"

在曾天宇等领导的影响下，与会者斗志昂扬，欢声雷动，高呼"打倒反动派""共产党万安"等革命口号。

这次会议，成立了归赣西特委直接领导的武装起义总指挥机关，由曾天宇、张世熙、刘光万、陈正人、汪群、曾延生等人组成，曾天宇任书记。

随后，万安农军与革命群众四次攻打万安县城，于1928年1月9日取得胜利，并于1月11日建立了江西省第一个县级苏维埃政府，"为江西开辟了一个新的局面——苏维埃革命的局面"。

1928年1月，赣西特委撤销。同年7月，重新恢复赣西特委，特委机关隐蔽在吉安城（现吉州区）。因忙于"攻取吉安"的发动工作，忽视了机关的安全保密，1929年11月，致使赣西特委遭到敌人破坏，工作受挫，又转移到吉安县。恰在此时，中央巡视员彭清泉（原名潘心源）在湘赣边特委巡视工作后来到了赣西特委，红五军也从湘东游击到江西万安、遂川、泰和三县边界并与赣西特委建立了联系。于是，彭清泉提议由赣西特委牵头，召集赣西特委、湘赣边特委、红五军军委联席会议。1930年

1月中旬，参加会议的代表到达遂川县于田镇，会上决定将赣西、赣南和湘赣边的地方武装统一组编为红六军。会后，1930年1月底，中国工农红军第六军在万安县宣布成立。

从1929年10月开始，赣西特委提出"打到吉安去"，得到群众热烈响应，红六军、其他正规部队与群众武装相互配合，先打外围，再攻吉安城，形成了"十万工农下吉安"的壮阔场面。1930年10月4日，由毛泽东、朱德率领的红一军团直接组织第九次攻打吉安，取得了攻占吉安城的胜利。

编后感悟：

　　万安是一片红色热土，有着光荣的革命历史和优良的革命传统。当前，我们正处在跨越赶超、突围发展的关键时期，必须不忘初心、牢记使命，聚焦"走在前、勇争先、善作为"的目标要求，永葆闯的精神、创的劲头、干的作风，绘就心安万安、盛世祥安的美好蓝图，为全面建设社会主义现代化万安不懈奋斗。

（邱裕华）

红六军的由来

导语：1930 年 1 月 18 日，赣西特委、湘赣边特委、红五军军委联席会议在遂川县于田镇召开，决定组建中国工农红军第六军。1 月底，红六军在万安正式成立。

1927 年 4 月开始，白色恐怖逐渐弥漫华夏。为扭转被动局面，8 月 7 日中共中央在湖北汉口召开紧急会议，确立了开展土地革命和武装斗争的方针。

为贯彻这一方针，1929 年 12 月，中央巡视员彭清泉在湘赣边特委协调工作后，来到了赣西特委，商讨遭敌破坏后革命工作如何继续开展的问题。此时，红五军也从湘东游击到江西万安、遂川、泰和三县边界，并与赣西特委建立联系。彭清泉提议由赣西特委牵头，召开赣西特委、湘赣边特委、红五军军委的联席会议。

1930 年 1 月 18 日至 21 日，联席会议在遂川于田镇永思堂一个房间里秘密召开。彭清泉、红五军军委代表滕代远、赣西特委书记刘士奇、湘赣边特委书记朱昌偕等 9 人参加会议，研究赣西南红六军的成立是此次会议的一项重要内容。

岁暮天寒，坐在八仙桌上首的彭清泉首先讲话："据我了解，前些时间，转战赣西南一带活动的红五军副军长黄公略同志写信给红四军前委书记毛泽东，报告赣西南红军的发展情况。红四军当即召开前委会，初步确定成立红六军。如今赣西南赤色区域不断扩展，群众斗争情绪日益高涨，武装力量不断增强，有必要将赣西南的红色武装统一编制，集中指挥，以便向中心区域行动。我个人完全赞同成立红六军。"

一石激起千层浪。滕代远不时挑一下灯芯，借着昏黄的灯光说："为了加强对红六军的领导，我们红五军将派黄公略、李聚奎、王如痴、陈振亚等43位骨干到红六军担任各级领导，同时派干部训练大队全体人员100多人携带武器充实红六军的军事力量。"

灯火亮心堂，与会代表纷纷表示同意将赣西、赣南和湘赣边的地方武装统一组编红六军。

看着大家议论正旺，彭清泉接着说："大家再议一议，红六军在哪组建更合适？"在哪儿组建呢？代表们沉思起来。

不一会儿，中共赣西特委书记刘士奇站了起来，他比较熟悉这一带的情况，带头分析道："我们组建红六军，既是为了统一指挥，更是为了攻打吉安。选择组建地，既要考虑组编部队就近集中，又要考虑组编后容易向吉安出动。为此，我认为，红六军在万安组建更为合适。"

刘士奇看看各位代表，继续侃侃而谈："第一，红六军主要由中国工农红军江西独立第二、第三、第四、第五团组成，其中第二、第四、第五团三个团在兴国、万安一带游击，非常便于集中。第二，万安临近的遂川、泰和国民党均有重兵把守，且遂川的反动民团势力非常强大，而万安没有部署国民党正规军，其防守力量仅为靖卫团。部队到遂川、泰和集中不太安全，来万安集中更安全。"

刘士奇挥了挥手，高声说道："万安的革命基础一直很好。两年前的

黄公略像

万安起义虽然遭到敌人镇压，主要领导人曾天宇也牺牲了，但万安人民没有被吓倒。现在，万安各地的党组织和游击队陆续恢复，斗争又有声有色了。在万安组建红六军，有群众基础和组织保证，能给后方提供强大的物质保障。"他有理有据地阐述，得到与会代表一致同意。

1930年1月底，江西工农红军独立第二、第三、第四、第五团和永新、莲花、宁冈等县部分赤卫队在万安组建中国工农红军第六军。军长黄公略，政治委员刘士奇，参谋长曾昭汉，政治部主任毛泽覃。"二七"陂头会议后，军长黄公略正式到任，陈毅接任政治委员。

赣西南红六军成立后，先后打吉水，灭水东之敌，牵制金汉鼎部于永丰、广昌一线，进扰三曲滩、峡江之敌，截断赣江交通，反击蒋介石7个旅兵力"围剿"赣西南，又在水南、施家边全歼唐云山独立旅，占领安福县城，为红军后来实施"诱敌深入"的战略方针，提供了初步经验。

1930年4月，黄公略率领红六军第三纵队游击到万安，会同万安县90名农军战士抓获邓万峰等十多名地方大劣绅，罚款5000多银圆，镇压了伪警察局长。接着他们又帮助地方党组织深入乡村，建立了龙头、陂头、高坪、石富、高桥、里仁、涧田、利民等8个乡苏维埃政府。

1930 年 7 月，根据中央指示精神，红六军改称中国工农红军第三军，尔后，与红四军、红十二军组成红一军团，红一军团与红三军团组成红一方面军。

　　从 1930 年 10 月起，黄公略率领红三军横扫江西几十个县，帮助赣西南各县壮大地方武装力量，建立县区乡苏维埃政权，掀起了赣西南土地革命的高潮。

编后感悟：

　　中国工农红军第六军在万安成立，这是万安光荣的历史，既值得自豪，更需要铭记。今天，我们要珍惜这份光荣，学习红六军英勇奋战的革命精神，投身于中国式现代化建设洪流，书写新时代万安经济社会高质量发展的新篇章。

（梁亮评、廖仁）

召开前委和万安县委联席会议

导语：1928 年 1 月 20 日至 22 日，在遂川县城召开了前委和万安县委的联席会议。这次会议十分重要，万安县委向毛泽东作了汇报，毛泽东对万安也有明确指示，并首次提出"十二字诀"。

1928 年 1 月，毛泽东率领井冈山工农革命军占领遂川县城，建立遂川县工农兵政府。万安县的农民自卫军在曾天宇、张世熙、刘光万等人的带领下，抓住有利战机，第四次攻打万安县城，起义终于取得胜利，随即宣布成立江西省第一个县级苏维埃政府——万安县工农兵苏维埃人民委员会。

不久，毛泽东邀请万安县委派人前往遂川，参加即将召开的前委和万安县委的联席会议。

接到邀请后，曾天宇、张世熙、刘光万、刘兴汉、郭化非、刘冰清等十余人，立即动身，冒着刺骨的寒风，马不停蹄地赶到了遂川县城。

会议地点选在五华书院，毛泽东、宛希先、张子清、何廷颖代表前委，陈正人、王遂人、毛泽覃、刘万青、王佐农、柏金吾、肖万燮等代表遂川县委，加上万安县委派来的代表，将整个厅堂塞得满满的。虽然外面天气寒冷，但会场上的气氛温馨而热烈，每个人都觉得身上的热血正在

五华书院

沸腾。

　　首先，曾天宇代表中共万安县委向毛泽东汇报了万安县党组织的发展历史和现状，以及农民武装和起义的情况。曾天宇声音洪亮，激情洋溢："万安起义的胜利，惊醒了全县人民群众。今后，我们将团结更多的革命力量，去争取更大的胜利。"毛泽东赞许地点了点头，并询问了万安县委今后的工作计划。

　　在听完万安、遂川两地情况汇报后，毛泽东十分高兴。他情不自禁地起身，为大家分析当时的革命形势："蒋介石的反动统治日益猖狂，他对内实行白色恐怖、屠杀工农、残酷剥削人民群众，对外则投降帝国主义。现在，全国人民越来越清楚地看见了他狰狞的面目，革命的高潮终将到来，

五华书院

并且一定会取得最后的胜利。"

接着，毛泽东指出当前的革命任务就是发动群众、武装工农，有计划、有组织地领导武装起义，建立革命根据地，依托广阔的农村，逐渐积蓄力量，最终夺取全国胜利。他一边说，一边挥舞着手，两只眼睛闪烁着坚毅而清澈的光芒。曾天宇、张世熙等人倍感鼓舞，浑身瞬间充满力量。

对于如何开展武装斗争，毛泽东也在会上作了明确的指示。他说："关于武装斗争，我有一个想法，总而言之，就是十二个字。"

"十二个字？"曾天宇纳闷地嘀咕了一声。

"对，只有十二个字。"毛泽东的大手再次在空中用力一劈，"那就是敌来我去，敌驻我扰，敌退我追。这十二个字讲究的是避敌锋芒，出其不意。当然，目前还不是很成熟。"

张世熙一听，也很振奋，附和道："太妙了。其实，我们万安县委在这方面也有一些战斗体会，但还要一些时间来思考、来总结。"

毛泽东眼光一亮，点头道："行，我找个时间，与万安来的同志好好商讨一下。"

果然，第二天会议结束后，毛泽东召集万安县委来参会的所有人员，面对面作了一次深入交流。大家七嘴八舌，纷纷就万安起义的情况和参加会议的心得发表意见。毛泽东听得很专注，一边听还一边点头示意。等大家说完后，毛泽东针对万安的革命形势，讲了三点意见：一是充分肯定万安起义的胜利，认为这场胜利将在全省乃至全国产生一定的影响；二是提醒万安来的同志，万安地处赣江边，地理位置显要，敌人不会就此罢休，一定会来报复，必须早作准备；三是建议万安必要时收拢武装，西出井冈山，以避敌锋锐。最后，毛泽东高声道："中国革命的高潮必将到来，反动统治必将被推翻，这是历史的潮流，谁也阻挡不了人民群众革命的力量！"话一落，全场响起雷鸣般的掌声。

会议连开了三天，一直开到 22 日。没想到，临别之际，毛泽东突然指着郭化非说："他要留下，给我们帮帮忙，其他同志可以返回万安了。"

大家依依不舍，不停地挥手告别，几天的学习和讨论，可谓是满载而归。

编后感悟：

这里的前委是指井冈山革命时期的中共前敌委员会。秋收起义时，由中共湖南省委任命成立了前敌委员会，作为湘赣边界党的最高领导机关，毛泽东任书记。前委和万安县委联席会议的召开，既表明了万安起义与井冈山革命斗争密切相关，得到了毛泽东的亲自指导，也表明了万安农军与井冈山工农革命军的血肉联系。特别是毛泽东提出的"十二字诀"更是给万安的农军提供了战术遵循，为后来提出的游击战术"十六字诀"打下了基础。这个从实践中找到真理的方法启示我们：无论在任何时候任何环境下，都要善于从实践中探索行之有效的办法，不断总结经验，找到事物发展的规律，才能更好地指导下一步工作。

（郭志锋）

第二辑 斗争篇

上宏桥战斗

导语：1927 年 7 月，在上宏桥（原属万安县上宏区，后划入泰和县）发生过一次激烈的战斗，数千农军战士在中共上宏区委书记刘兴汉的指挥下，英勇杀敌，杀得国民党军李士连部狼狈逃窜，有力地打击了敌人的嚣张气焰，再次坚定了全县上下举行万安起义的信心。

一条清澈的河流弯弯曲曲地从深山中流出，流过遂川，流过万安与泰和，直奔向赣江的怀抱。

这条河就是蜀水河。

国民党驻遂川守军团长李士连利用职务之便，常常私下在蜀水河上贩运木材。冬季，组织人员悄悄进山，偷伐木材；汛期，将木材扎成木排，顺蜀水河漂流，然后进入赣江，对外销售。

这件事被刘兴汉获悉，他心生一计，这是一个大胆的计划——拦木材，逼他交税，让李士连为他的违法行为付出代价，同时也为万安农军筹集一些经费。于是，刘兴汉派人紧紧盯住李士连的人马，伺机而动。

1927 年 7 月的一天，骄阳似火。但在蜀水河里，却处处透着清凉。阵阵清风从河面上吹过，吹得两岸的绿树轻轻地摇晃。这时，从远处漂来一串长长的筏子，每个筏子上都站着两三个人，有人手上握着撑筏子的长竹篙。近了，近了，原来这些筏子都是一根根杉木扎成的，是木排，这些撑排的都是些国民党兵。领头的趾高气扬，双手叉腰，腰间别着一支闪亮的手枪。他就是李士连。

木排顺着水流，顺畅地漂向不远处的梅陂。梅陂是个水坝，木排漂到此处，必须停下，转为人工搬运。唯有搬过这座坝陂，才能到下游继续漂流，然后到达赣江入口处——蜀口洲。

梅陂就在眼前了，众撑篙手忙操作手中的竹篙，往木排的前方用力撑，让木排的速度慢下来，并向岸边的码头缓缓靠近。

就在此时，一行数十人，有的持刀，有的举棍，个个气宇轩昂，走向水陂。

"这是谁的木排？"一个壮年汉子向着木排队大声喊，"先交税再过陂！"

"凭什么交税！你是谁呀？吃了熊心豹子胆，敢拦本团长的木材！"

上宏桥

李士连站在木排的最前头，听到喊声，顿时怒了，他将手枪按了按，大声吼道。

"我是自强小学的校长刘兴汉。"刘兴汉一面说，一面走向木排，"李团长，你身为长官，偷运木材，就不怕被你的上峰知道吗？如果不交税，我将写信举报。"

刘兴汉此时还有一个隐藏的身份——万安二区农会主席。李士连虽不清楚刘兴汉的具体职务，但久闻刘兴汉大名，知道这是个不好惹的角色。但他不想示弱，眼睛一瞪，威胁道："刘兴汉，你还想管我的事？你就是个共党！小心我把你抓起来！"强硬的语气里明显有点心虚。刘兴汉不屑一笑："你别吓唬我。今天不交税，所有木头都得留下！"他身边的副官为了讨好他的上司，跳起脚对岸上的刘兴汉说："不交！就不交！看你能把我们怎样！"一副谄媚样。想不到木排晃了几下，吓得他赶快趴倒。岸边传来一阵哄笑，他狼狈极了。

"不信，你试试！看今天能否过这一关。"刘兴汉继续不急不慢地说。站在岸上的人都挥着拳头或木棒，高声地附和道："不交税，扣木头！不交税，扣木头！"喊声震起了水上的浪花。

李士连一瞧，顿感情况不妙，只好服软，很不情愿地派人向刘兴汉上交了400多块银圆的税。

木排全部搬过水陂，顺流而下，李士连回头向着刘兴汉，咬牙切齿地说："等着瞧！我让你们吃不了兜着走！"400多块银圆就像割了他的肉一般疼。

果然，事过不久，李士连带着一个营的兵力，300多人，全副武装，一小部分乘坐木排，顺流而下，大部分沿着大路，直奔上宏，气势汹汹。他轻蔑地扬言说，这一回不但不再上交税费，而且要教训一下刘兴汉。

沿大路走的国民党官兵一到上宏，便分成几个小队，进村入户，公然抢劫，不是杀鸡宰猪，就是抢钱夺粮。一时间，村庄里哭声阵阵、惨叫连连。

李士连看到村子里鸡飞狗叫、农民不得安宁时，报复心理得到极大满足。他洋洋得意地叫嚣："刘兴汉，看你这回没辙了吧！"但他万万没想到，前面等着他的是什么。

原来刘兴汉料到李士连不会善罢甘休，他安排了得力的侦察人员时刻注意敌人的动向。所以李士连的行踪早被刘兴汉掌握，并及时向组织作了汇报。

为了打击敌人的疯狂骚扰，保卫农民的劳动果实，刘兴汉遵照省委特派员曾天宇的指示，组织并发动全区（包括韶口、高陂、上宏等地）农民自卫军2000余人，携带20余支长枪以及鸟铳、梭镖、马刀等武器，早早在上宏桥一带设伏，张网以待。

敌人抬着猪，提着鸡，扛着从百姓家抢来的粮食，大摇大摆地走在大道上。有的哼着小调，有的还说着这么多美味是烤着吃还是煮着吃。

敌人做着梦，想着美味，不知道已进入了农军的埋伏圈。刘兴汉立即举起长枪，命令道："打，给我狠狠地打！"一时间，枪声大作，子弹呼啸，鸟铳震天。哪来的这阵势？敌人蒙圈了，扔下东西，慌乱应战。这时，刘兴汉又命令农军冲锋。农军战士犹如猛虎下山，端着枪、举着刀，争先恐后地向着敌群冲去。敌人一看，遍地都是农军，吓得腿都软了，枪都举不起来了。

李士连举着手枪，命令他手下的人还击。可手下人哪里还听他的，见到农军势如破竹，为了保命，无心应战，作鸟兽散，纷纷钻入树林或跳进河里逃跑。此刻，他们只恨爹娘少生了两条腿，一个个逃得比兔子还快。李士连也在几个人的保护下抱头鼠窜，落荒而逃。

刘兴汉将部队分为几队，各自咬住四散的敌人不放，追击到底。经过两天两夜的连续战斗，共毙敌 20 余人，活捉 4 人，缴获各式枪支 20 余支。更可笑的是，从水路逃跑的敌人，被淹死的竟有 3 人！

看着河里敌人丢下的一长串木排，刘兴汉乐不可支。他跳上木排，朗声道："这一回，李士连是赔了夫人又折兵啊。"

"哈哈……"大家都笑了。胜利的笑声在上宏桥上空回荡……

编后感悟：

　　时光流转，90 多年的岁月轮回足以把一切淹没。当拂去历史的尘埃，在文字中回顾上宏桥这场战斗，我依然激情澎湃、热血贲张。一个个革命者的形象高高耸立。他们并未远去，他们的英勇事迹在我们的心里，他们舍生求义的精神在我们的血液里。无论在战争年代还是和平年代，我们的心灵始终需要这种精神滋养，并将这种精神付诸行动。上宏桥战斗的胜利，也再次告诉我们，发动群众、依靠群众、不畏困难、勇于胜利，是永远值得传承的革命精神。在新时代的工作岗位上，我们既要党员带头、以身作则，也要善于发动群众、依靠群众，战胜一切困难和险阻，去争取一个又一个胜利。

（刘香莲）

进攻反动组织海螺会和第三启明学校

> **导语**：大革命时期，万安各地土豪劣绅不仅欺压百姓，而且成为反动派的走狗爪牙，到处镇压革命党人。这一时期，窑头剡溪第三启明学校和枫林海螺会，是万安最为猖獗的两个反动巢穴，所以，万安党组织决定给予坚决打击，为百姓出一口气。

1927年初，第三启明学校已经被窑头当地土豪匡庐完全控制，从学校变成了一个反动组织。匡庐和土豪张治淦狼狈为奸，纠集劣绅欺压穷人，猖獗剥削。窑头农民种地所得还不够付田租，只能被迫变卖土地，生活濒于绝境。揭开油缸没点油，打开米缸没粒米，缺吃少穿的惨痛生活已成为常态。百姓都叫匡庐为恶霸，对其恨之入骨，却又敢怒不敢言。

九月的赣中南，天空渐渐变得湛蓝，阳光透过云层洒在大地上，给人一种温暖的感觉。共产党员刘冠三同志奉贺龙、叶挺指示由广东回到万安剡溪。10月上旬，他与共产党员萧春一起恢复建立农会，组织区农民自卫军。刘冠三同志任农民自卫军队长，萧人俊任政治委员。

有了党的领导，剡溪地区农民协会活动渐渐公开，或抗租抗债，或焚毁契约，或破除迷信。横乾、下村等地的农民抓到土豪刘士芬、刘士成等十余人后，进行了公审处决。

指望别人点灯前行，不如自己提灯跋涉。南昌起义部队南下经过窑头时，给窑头农民自卫军留下了一些枪支。有了武器的窑头党组织，找到了勇气和力量，在乡镇展开了轰轰烈烈的群众运动。

县委委员萧人俊此时也来到了窑头，在窑头启明学校以教书名义广泛宣传新思想，很快取得了附近乡村小学教师的支持。刘冠三同志也以村小为基点，进行农民运动，这些为攻打第三启明学校打下了基础。

10月中下旬，驻扎在八斗、罗家、黄西塘等地的窑头、廓埠农会自卫军4000余人，拿着长枪、鸟枪、梭镖，佩着马刀、腰刀，手持木棍、扁担，会合剡溪刘冠三、萧春等领导的农会自卫军和兰田萧子龙、萧富国率领的农会自卫军。三路兵马合在一起，准备攻打反动巢穴第三启明学校。

窑头通津河

10月22日下午，所有参加斗争的农会自卫军，个个脖子上围着一条红布，作为标记，集中在罗家村的墩上，并封锁了所有的交通要道。23日拂晓，人员到齐，开始总攻。数千农会自卫军从石塘、兰田、桐江、八斗四个方向前进，将第三启明学校团团包围。匡庐、张治淦等土豪劣绅看见四周黑压压的自卫军，惊恐万分，闻风而逃。

农军有的冲进学校，有的冲进匡庐、张治淦家里，共搜出驳壳枪子弹120发，没收了他们的全部财产。农民凯旋时，途经大禾丘，遇到由匡庐豢养的一些流氓打手。他们敲着铜锣，夹道拦阻。农军十分恼火，一名自卫军当即举枪毙了两个歹徒，其余流氓打手见势不妙，仓皇逃窜。

穷苦农民匡垂炽一边烧毁欠土豪银洋的债据，一边说："共产党像父母，救了我这穷人，从此100多块的债台没有了，一身

枫林陈家

虱子齐抖光，再生一身好肌肉。"匪首匡庐、张治淦狼狈逃往县城后，如丧家之犬，躲躲藏藏。

这次斗争，剿灭了反动巢穴第三启明学校，保护了农民权益，壮大了革命队伍，鼓舞了农军士气。

枫林巢穴"海螺会"是豪绅地主周世贞、流氓陈日宝等人组织的一个以公开反对农会、破坏农民运动的帮会。

1925年，枫林陈家村成立农会，对地方赌毒势力开展禁烟、禁赌斗争，先后将70多个鸦片鬼关押在农民协会，引起了海螺会的强烈不满和反抗。

1927年夏，海螺会借国民党军势力，更加肆无忌惮，竟将枫林石塘第二启明学校焚毁。12月初，枫林、陈家人民掀起了反海螺会高潮。12月中旬，枫林陈家党支部在农会会员中发展了陈正时、陈正棣、许武隆等20余人为党员。12月24日，在农军第七纵队队长张汉宗和政委谌光重的率领下，以新入党的革命力量为骨干，加上农军第七纵队、第七区农会自卫军、枫林农军第七纵队第三支队，会合成6000多人的队伍，扛着梭镖、鸟枪、马刀向海螺会巢穴进发。凶神恶煞的周世贞正在后屋与贼眉鼠眼的陈日宝密谋如何对付农会，听到室外越来越响亮的呐喊声，周世贞立刻起身外逃，也顾不上陈日宝了。刚跨出后门的陈日宝被愤怒的农民自卫军抓住，在前屋的陈义请等6名海螺会头目也被农民自卫军逮住。12月25日，陈家党支部在陈家祠堂外公审海螺会骨干成员。在广大群众的一致要求下，将陈日宝、陈义请等6名海螺会头目就地处决，逃往外地的周世贞惶惶不可终日，由此海螺会组织被彻底粉碎。

在大革命转入低潮时，万安农民自卫军接连摧毁当时影响最大、实力最强、作恶最多的两个反动团伙，清除了依附于国民党反动派的两大毒瘤，给予了地方恶势力和国民党反动派最沉痛的打击，也为后续的万

安起义积蓄了力量和经验。

编后感悟：

    万安两个反动组织之所以能被摧毁，关键是因为万安党组织和万安农军的斗争精神和斗争艺术。敢于斗争才会取得胜利。实现中华民族伟大复兴，并不是可以轻轻松松完成的，需要付出艰辛努力，需要发扬斗争精神，增强斗争本领。让我们以斗争的姿态战胜一切困难，迎接更加光辉的未来。

（肖岱芸）

打倒土豪劣绅严子飚

导语：1927 年 2 月，罗塘乡建立了万安第一支人民武装力量——农民自卫军，随即，全县各地纷纷收缴民团武装，成立农民军。农军联合革命群众开展轰轰烈烈的农民革命斗争，打土豪、捉劣绅，截击国民党反动军队，革命斗争越来越激烈，大地主严子飚也在这场斗争中被处决了。

严子飚，枧头龙下村人，为当时万安首屈一指的大劣绅，做过万安县劝学所所长、保卫团团长、清党委员会主任。他平时利用烟痞二流子做狗腿子四处巧取豪夺，霸人财产，鱼肉百姓。大革命失败后，严子飚组织清党委员会，屠杀共产党员和革命群众，这激起了老百姓更大的愤恨，万安农军决心除掉这个蚕食百姓、手上沾满革命鲜血的大劣绅。

1927 年 11 月 20 日，万安农军第一次攻打县城，当时吓破胆的严子飚悄悄带着一名打手躲藏在东华山古庙里。得到农军尚未攻克县城的消息后，他又潜窜至县城，与国民党军刘士毅勾结，在东门残忍屠杀 40 余名被俘攻城农军。12 月底，深知革命形势难挡，县城可能要被农军攻克，狡猾的严子飚东藏西躲，一直未露面。

1928 年 1 月一个清晨，天正刮着大风，罗塘湾哨岗里两名身佩腰刀、

石灰桥

肩扛鸟枪的农军正在站岗，突然发现江面上一只小船快速冲过来并停在岸边。船夫东张西望，形迹可疑。他们立即上前查看，见只有船夫一人，衣着长衫，耷拉着脑袋，看着不像船夫，两名农军立即警觉起来。"把头抬起来！"农军举着鸟枪喝道。船夫哆嗦着抬起头，面色紧张，不敢正视农军，但还是被一名农军认出来了："是你呀，严子飔，我们找你好久了，没想到你跑到这来了，今天会面了，走吧，我们请你吃烧酒。"严子飔眼见被认出来了，想弃船溜走，另一名农军见状一把将他按倒，取出身上的绳子把他绑得严严实实，押往罗塘农民协会。

原来，严子飔计划躲藏到革命力量薄弱的双坑村的大土豪张海丰家里，伺机再回来。那天趁着天还未亮，严子飔只身一人从西门乘坐小船往河西逃窜。不承想船只刚行驶到河中间，突然就刮起了南风，船只一路向北冲，严子飔急得直跳脚，无奈风太大，小船控制不了方向，最终被冲到了罗塘湾，还被哨岗农军逮个正着。

为了激励革命斗志，农民自卫军决定第二天在石灰桥洲上（位于现在的罗塘村背村）对严子飔进行公审。公审的消息不胫而走，大伙奔走相告，都想到现场揭露这个大劣绅的罪行。

翌日，天刚亮，石灰桥洲上就挤满了人，罗塘、潞田、邓林、西塘、蕉沅、茅坪、龙下等地的群众都跑过来了，大伙激动万分，盼着公审会快点开始。年轻力壮的都手持梭镖、鸟枪，严阵以待，场面非常壮观。公审大会由罗塘区区委委员萧程九、刘生照主持，当严子飚被农军押上会场后，在场的群众都想冲过去杀了他，剥他的皮、抽他的筋，尤其是蕉沅、茅坪、芦源洞一带的群众深受其害，群情激昂。公审会上，群众义愤填膺，纷纷上前用血泪斑斑的事实控诉严子飚的罪行。面对愤怒的群众，这个曾经无恶不作的罪人吓得瑟瑟发抖。

一名愤怒的群众冲上去说："你这个老贼终于吃满了粮！"说完，用力狠狠地扯下他一把胡须，严子飚痛得嗷嗷直叫。

还不等他缓过来，又一名群众上前说，"严子飚，还要不要我的屋基了？"说完，也用力狠狠地扯下他一把胡须。

"严子飚，我还要给你多少钱？"

"严子飚，我还要给你多少谷子？"

……

群众控诉后都不忘扯下他一把胡子，不一会工夫，他的胡子都被扯光了，血肉一片。在场的群众受严子飚的欺压日久，一件件一桩桩都让大家痛恨万分，声讨声一片："杀了他！杀了他！"

最后，萧程九宣读了严子飚的诸多罪行，并宣布当场执行枪决。这场公审大长了革命群众的志气，大灭了土豪劣绅的威风，贫苦群众切身体会到，只有共产党才能维护他们的利益。

编后感悟：

公审劣绅严子飚，是万安起义期间农民军联合革命群众"打土豪、捉劣绅"的代表性事件，是党领导万安人民向黑暗势力进军吹响的冲锋号。历史证明，只有在共产党的领导下，团结起来敢于斗争、善于斗争，才能战胜一切敌人，取得最后的胜利。

（李海英）

攻打窑头靖卫团

导语：1929 年 12 月，在泰和陂头成立由 60 余名万安籍红军战士组成的万安游击队，游必安同志任队长。这支革命武装力量战斗在万泰边境，联合革命群众打击土豪劣绅，保卫苏维埃政权，引起了敌人的恐慌。各地靖卫团互相勾结，疯狂对苏区进行"围剿"。于是，万安党组织决定反击靖卫团。

"四二八"起义胜利后，各地相继建立区、乡苏维埃政府。在党的领导下，万安游击队联合赤卫队等革命武装为肃清残敌，保卫苏维埃政府，穿梭于红白边区打游击，发动群众干革命，攻打地主武装靖卫团。其中，攻打窑头靖卫团最具代表性。

1930 年 6 月，万安游击队研究攻打窑头靖卫团事宜，会议决定，趁着敌人力量还未恢复，三天后由游必安带领游击队联合各村赤卫队包围攻打靖卫团驻地。那天深夜，一支 1000 余人的队伍趁着月色快速向窑头靖卫团驻地靠近，有抬土炮的，有背土枪的，有背马刀的，有手握梭镖的，为首的是一位身穿军服、身材魁梧的青年男子。

队伍接近窑头时，只见一个约摸 15 岁的小战士迎面跑来，跑到青年男子身边小声道："游队长，前面就是靖卫团驻地了。"游队长立即命令："大家加快脚步，按计划在天亮前到达各山头。"天刚蒙蒙亮，游击队和赤卫队已悄然埋伏在靖卫团驻地附近。

"打！"游队长一声令下，通津、松山、洋元、州底上、烟背、坪头等山头齐向靖卫团开火，枪炮齐鸣。敌军还未反应过来，就被打得落花流水。"冲呀！"游队长大喊一声，各山头旗手高举红旗带领队伍向敌军驻地冲去，顿时敌人被打得四处溃逃。此次战斗缴获步枪7支，击毙敌团丁3人。战斗胜利后，队伍继续在万泰边界打游击。

7月，敌首趁着游击队在边界打游击，带领万安县靖卫团及窑头靖卫团残余流窜到窑头，烧杀抢夺，无恶不作，激起了群众的愤恨。游击队得到消息后，游必安带领40余名队员迅速赶到窑头，配合当地赤卫队1000余人与靖卫团100余人激战5个多小时，将敌人击溃，缴获枪支8支，俘敌13人，窑头群众一片欢呼。

秋天，不死心的敌人又带领100余名敌兵来犯，在窑头肆意骚扰。群众不堪其扰，自告奋勇加入赤卫队、少先队，纷纷呼吁要保卫家园、消灭敌人。针对此次敌军装备精良、来势汹汹的特点，为彻底击败敌人，游击队调整了作战方式——瓮中捉鳖，由游必安带领10余名游击队员手持土枪正面攻击敌人，刘发宣带领赤卫队、少先队从四面包抄，形成夹击。战斗打响后，敌人掉进了包围圈，前有子弹扫射，后有梭镖、马刀袭击，枪声、炮声、呐喊声环绕，四处挨打。六个小时后，敌人被打得弃枪逃窜，战斗再次取得胜利。

编后感悟：

　　为保卫苏维埃政权，保卫人民生命财产，万安游击队、赤卫队等革命武装在党的领导下，与敌人展开了持久的武装斗争，狠狠打击了国民党反动派的嚣张气焰，瓦解了敌人对苏区的"围剿"，极大地鼓舞了革命志士和革命群众的斗志。这个故事告诉我们，战胜困难取得胜利，离不开领导者的精心谋划和果敢指挥，离不开团队的密切配合和坚决执行。

（李海英）

良口包围战

导语：位于赣江和涧田河交汇处的良口，水运发达，商贾云集，是远离万安县城的"小南京"。土地革命战争时期，良口片区在朱曦东等的带领下建农协、闹革命，发展党组织，开展武装斗争。1930年5月，成立中共良口区委会、良口区苏维埃政府。为消灭新生政权，敌人密谋"围剿"。良口人民为保卫苏区、巩固革命成果，精心部署、积极迎战。1930年11月，打响了反"围剿"第一战——良口包围战。

1930年的冬天来得特别早，11月才过半，扫过赣江水面的风，竟有些许寒意，此时的良口苏维埃政府蛰伏在一片朦胧中。苏维埃主席林英超，没一点睡意，伫立在豆大的煤油灯前，望着墙上的地图出神。

一阵紧急的敲门声，打破了肃静，打断了林英超的思绪。接过通讯员递上来的纸条，随着纸条的舒展，林英超神色马上凝重起来，转头对通讯员说，马上通知全体人员开会。

很快，赤卫军、少先队、警卫连和区里的干部集聚会堂。林英超开门见山地向大家说明了召开紧急会议缘由，原来刚刚得到秘密消息，武术、良口、大湖江靖卫团头目邱延龄、郭兴锦、赖子根阴谋策划，企图分三路"围剿"良口苏区。

林英超刚说完，会场顿时炸开了锅，大家各抒己见，围绕如何反"围剿"纷纷发表意见和建议，最终形成统一意见。林英超下达指令：迅速通知各乡农军集结，到达指定位置，于当晚一点开饭，两点集合，四点准备就绪；重要文件一律转移；所有干部参加战斗工作。

　　随着一声"散会"，大家迅速回到各自岗位，做好战斗准备。机要人员立即分头整理、打包重要文件，转移至后方安全地点。各联络员快马加鞭，将作战指令传达至各协会。夜更深了，犬吠声唤起了缕缕炊烟，零星的灯火与闪烁的星星遥相辉映。两点整，全区赤卫队、警卫连、少先队共7000多人集合完毕，整装待发。林英超进行了简单动员讲话后，根据作战部署，兵分三路出发，进行布防。一路埋伏在由大湖江进入良口的水溪坑路旁和山上，一路隐蔽在由武术进入良口的茶亭边坑口和附近的山坳里，还有一路守在良口街背后山顶上，形成包围圈。四点还不到，人员已全部到达指定地点，静静等候着敌人的到来。

良口码头

六时许，晨雾弥漫，敌人600多人从水陆两路向良口逼近，大摇大摆地朝目的地进发。殊不知，一场"惊喜"正等着他们。近了，近了，当敌军全部进入赤卫队伏击圈内，随着一声令下，顿时，枪炮声、喊杀声刺破晨雾，震动山谷。

被包围的敌军惊醒过来，顿感大事不妙，企图撤退。可他们被困在狭长的良口街道内，面对赤卫队的集中火力，横冲直撞，自相践踏，争相逃命。他们有的直接跳江，有的登船逃跑，有的跪地投降求饶，有的甚至躲到棺材里面装死……战斗进行不到两小时，就在一片欢呼声中结束了。赤卫军消灭敌军500余人，缴获枪支60多条，子弹10000多发，马刀数百把。

编后感悟：

任何一个新事物的诞生，都将受到旧事物的阻挠和打击，这是历史必然。良口苏维埃政府在磨砺中成长，在斗争中成熟，最终战胜国民党反动派，也是历史的必然。在新征程中，我们也必然会遭受许多的困难和挫折，只有敢于斗争、勇于斗争、善于斗争，最终才能取得胜利。

（罗莺）

萧子龙在兴国

导语：萧子龙（1904—1932），原名萧传光，枧头镇兰田村人。1926 年入党，历任中共兴国县永丰乡支部书记（现属兴国县永丰镇）、万安农军茅坪地区第七纵队军事教官、政委和茅坪区委书记、万安游击队负责人等，并率部参加万安起义。1928 年 2 月，他和萧玉成曾率领万安游击队进入兴国，参加了著名的兴国起义和反"围剿"战斗。对于这一段历史，开国上将陈奇涵在《兴国的初期革命斗争》一文中动情地评价说："……萧子龙领导的万安游击队……到兴国后，对兴国群众运动的进一步开展也起到了重大作用。"

兰田村背靠的那片大山，是横亘在兴国、泰和、万安边境的武夷山余脉，崇山峻岭，逶迤千里，南至广东，东至福建，北至新干县。

萧子龙出生在兰田村一个家境中等的自耕农家庭，兄弟四人，排行老二，他毕业于国立吉安第六中学，为人精明而彪悍。1927 年，23 岁的萧子龙新婚不久，即全身心地投入革命活动，走村串户，发动群众，发展党员，组织农会，组建农军。他不仅参与策划了兰田起义，而且率领茅坪地区的农军参加了万安起义，立下了赫赫战功。

1928 年 1 月底，国民党反动派调遣重兵围攻万安，妄图血洗共产党

兰田村

人和起义农军。萧子龙、萧玉成率领河东（赣江以东）农军为避敌锋芒，绕到天湖山以东兴国的永丰乡一带，并改名为万安游击队，让部队隐蔽休整。

天湖山地处万安、泰和、兴国三县交界，山高谷深，古木参天，飞瀑成群，是个打游击的好地方。当时正值初春，天气寒冷，十分潮湿，永丰乡群众也刚刚开始春耕备耕。为此，萧子龙、萧玉成把游击队员集中起来开会。萧子龙走到队伍面前，动情地说："现在正是春插时节，大家可以到各家各户去帮忙，帮助群众犁田和插秧，这是发动群众的最好时机。"果然，群众纷纷称赞游击队是支好队伍，并先后送来粮食和棉被。趁热打铁，萧子龙、萧玉成接着又重建中共永丰乡支部。短短的时间，发展刘光忠、萧良祯、萧家煌等近 20 名党员，萧子龙再任支部书记。部队不仅得到必要的给养，而且战斗力明显增强。

同时，游击队派人到兴国县，寻找党组织，后来，又与原黄埔军校教官陈奇涵领导的农民赤卫队取得了联系。不久，东固红色武装第七、第九纵队也相继来到兴国，在乡村组织武装起义。9 月，第七、第九纵队被黄埔四期毕业生李文林整编成江西工农红军第二团，万安游击队也随即被编入红二团。

12 月，中共兴国区委、红军独立第二团和赣南红军第十五纵队发起兴国起义。19 日下午，14 岁的共青团员萧华找到萧子龙说："你们是侦察员吧？"萧子龙看到眼前的少年非常机灵，笑道："是啊，小同志，你有什么事吗？"萧华说："我可以带你们去侦察啊，我熟悉这里的情况。"萧子龙惊喜地点头答应："好，你前面带路。"说罢，他率领红军便衣侦察队，跟着萧华来到了萧屋村，悄悄潜伏下来，对这一带的街巷地形进行侦察，为次日的起义做准备。晚上，萧华又带着几名共青团员走街串巷，暗暗地在每个反动分子家门前标注记号。第二天，萧子龙与队伍一起按图索骥，顺利地抓捕了重点反动分子，收缴了一大批武器。

萧子龙不但参加了兴国起义，而且亲自领导过农民起义。1929 年 2 月 6 日，萧子龙、钟能桐等人领导隆坪农民协会 300 多人，聚集在隆坪村睦子坳的上峜子，举行声势浩大的年关起义。起义队伍以清代老宅"观察第"为指挥部，每天从这里出发，前往各村打土豪、烧契约、开仓放粮、救济贫困。起义浪潮席卷隆坪附近十余个村镇，1700 多位贫苦农民踊跃参加。隆坪起义为建立隆坪革命武装和红色政权打下了坚实的基础。当月，他率部配合红军独立第二团，在永丰活捉了靖卫团团总陈老甲子，并就地处决。

6月，萧子龙任红军独立第二团连政治指导员。

8月，萧子龙跟随部队第二次攻克乐安县城；9月，率部参加了第一次攻打吉安的战斗。

1930年1月底，红二团、红三团、红四团、红五团、赣西南游击第二大队和永新等县部赤卫队在万安被整编为红六军，彭德怀的搭档、红五军副军长黄公略出任红六军军长，毛泽东的连襟、赣西南特委书记刘士奇任军政委。萧子龙调离部队，再次回到地方，担任中共茅坪区委书记。5月底，他与黄旭可、萧玉成等领导了茅坪起义，建立了区乡苏维埃政权。之后，又带队返回了红军部队。

编后感悟：

萧汝昌、萧子龙、萧玉成，这三人是兰田村的英雄代表。萧子龙无论是在部队任职，还是在地方工作，始终坚定革命信念，不改英雄本色。他的革命经历告诉我们：不管个人面临什么选择，都要坚定执着追理想。唯有如此，才能抵御各种打击和诱惑，才能成为信念坚定的人，才能成为敢于担当、勇往直前的人。

（郭志锋）

萧玉成率部参加反"围剿"

导语：萧玉成（1900—1931），又名萧俊徐，字云雨，号琢吾，万安县枧头镇兰田村前排自然村人。1926年加入中国共产党，广州农民运动讲习所第六届学员，结业后出任江西省农会特派员，担负指导泰和农民运动的任务。先后参加第一、二、三次反"围剿"，1931年9月在第三次反"围剿"的老营盘战斗中牺牲。

1926年11月，从广州农民运动讲习所学习结业后的萧玉成，以江西省农会特派员的身份奔赴泰和，指导农民运动。

1927年5月，萧玉成率泰和农民自卫队解除商团武装，改农民自卫队为农民自卫大队，任大队长。9月，接到万安县茅坪区农协主席萧汝昌的邀请，返回兰田，与萧子龙、萧汝昌一起领导了兰田起义。随后，率部参加了著名的万安起义。

万安起义胜利后，国民党反动派气急败坏，调集重兵对万安实行两面夹击。为保存革命力量，万安农民自卫军分三路转入山区战斗。以萧子龙、萧玉成为首的万安游击队到了兴国县，极大地推动了当地的革命斗争。后来，他们转赴东固，成了东固地区三支著名的游击队之一。

1928 年秋，万安游击队与赣西红军第七、第九纵队合编为江西红军独立第二团，一支正规部队由此诞生。他们在一年多的时间里，创造了攻占乐安、兴国、南丰等多个县城的辉煌战绩。

1930 年 4 月，萧子龙、萧玉成回到家乡。5 月 26 日，中共万安县委决定，由萧子龙、萧玉成、黄旭可领导茅坪区人民总起义。这次起义以当地的游击队为基础，创建了中国工农红军兰田左路军一〇八四团，从萧玉成部抽调十几名红军官兵为骨干，杨德明为团长，萧玉成任团政委，团部设在萧玉成家。起义胜利后，茅坪区的群众争相参军，涌现出兄弟争当红军、夫妻争当红军的感人场面。当时，年仅 14 岁的萧前也要当红军，但因为年龄小，部队不收，他便找到萧玉成。萧玉成摸着他的头说："你妈妈知道吗？你还小，过几年等你长大了再来。"萧前马上说："我不小了，我爸爸妈妈都同意了，让我跟着你去为穷人打天下。"萧玉成笑着同意了。后来，萧前在烽火硝烟里不断成长，曾担任南京军区空军政委，1955 年被授予少将军衔。

1930 年 7 月，红六军改建为红三军，下辖第七、八、九三个师，兰田红军一〇八四团整编编入红三军，萧玉成仍然担任团政委。当萧玉成率部离开家乡时，他 8 岁的侄子萧良禄抱着他大哭，不舍得他离开。萧玉成蹲下身，拉住他的小手，语重心长地说："良禄，叔叔这一辈拼死拼活地闹革命，就是为了你们。等到你们这一辈长大了，就一定会有好日子过了！"然后，萧玉成站起身，头也不回地朝前走去。只是，这一去，他就再也没有回来。他在黄公略军长的率领下，投入到紧张的反"围剿"战斗中。

国民党调集 10 万大军于 1930 年 10 月发动第一次"围剿"，12 月 6 日，敌军向中央革命根据地中心区大举进犯。12 月 29 日，国民党第十八师师长张辉瓒重兵进犯龙冈。红军总部得知后，率军连夜前进，形成了包围之势。30日上午八点多钟，战斗打响，红三军的三个师先后投入战斗。敌人凭借武器优势，多路猛攻，极力阻止红三军，战斗一时处于胶着状态。在激烈的战斗中，萧玉成左臂中弹，鲜血直流，但他不下火线，带领战士们坚守阵地，不退一步，敌人多次冲到阵前，又被打了回去。下午四时左右，红军总部发出攻击令，萧玉成部和其他部队负责正面攻击，冒着枪林弹雨，直捣张辉瓒师部。这次战斗全歼敌第十八师师部和两个旅共9000余人，并活捉师长张辉瓒。

1931年5月，在第二次反"围剿"中，萧玉成部所在的红三军在富田战斗中秘密设伏，突然出击，一举包围国民党军第二十八师师部，捣毁其指挥机关，为五战五捷首开胜局。

1931年7月，蒋介石调集30万兵力，对中央苏区发动更大规模的第三次"围剿"。红军3万多人在毛泽东、朱德等领导指挥下，先后在兴国莲塘、永丰良村、宁都黄陂发动进攻，并三战三捷。9月初，红军在万安县涧田乡晓东村休整，寻找战斗时机。9月6日，红军总司令部得知敌人动向后，当即决定兵分两路，分别在高兴圩、老营盘截击敌军。

7日凌晨，黄公略率部刚刚赶到泰和县老营盘附近时，突然发现有一支敌军正在前面的峡谷地带集合，人数众多。原来，这正是前一晚在峡谷宿营的敌人蒋鼎文师。面对紧急情况，黄公略率领红三军迅速占领峡谷两侧的高地，在萧克的独立第五师配合下，迅猛果断，以寡敌众向敌军发起进攻。

老营盘隘口呈峡谷状，有长达几公里的深沟山谷，宽度仅一米多，山谷的两侧是茂密的树丛，处在这样的地形，只能被动挨打。虽然地形对我方有利，但是，作为国民党军主力师，第九师有近一万人马。红三军在经过连续大半年的反"围剿"作战后只剩下3000余人，萧克的独立五师刚刚组建不久，是当地农民游击队合编而成，人数只有 2000 人左右。由此，此战的艰难与激烈可想而知。狭路相逢勇者胜。萧玉成部在隘口位置担任阻击，面对的敌人最多，压力最大，敌人倒下一批，又冲上一批，来势汹汹。萧玉成身先士卒，毫不退缩，带领战士们把敌人一次次打了下去。双方你拼我杀，枪炮声持续了四个小时。突然，一梭子弹朝萧玉成射来，其中一颗子弹正中头部，警卫员见状急忙冲上前抢救。萧玉成紧紧握住他的手，看到在我军的反冲锋下，峡谷里大片大片的敌人开始举手投降，脸上露出了欣慰的笑容，说道："你别管我，快去打扫战场，把残敌消灭。"老营盘战斗是第三次反"围剿"的关键一战，是我军勇猛主动、以少胜多的经典战例。此战，俘虏敌军 3000 多人，毙伤敌军 4000 多人。红军伤 443 人，阵亡 135 人，失去联络 133 人。战后，红军乘势扩大战果，彻底粉碎了敌人的第三次"围剿"。

1937 年，陈毅路过老营盘时感慨万千，题诗一首："大战当年血海翻，今朝独上老营盘。荒台废址无人识，一抚伤痕一泫然。"也许，他又想起了那些像萧玉成一样英勇牺牲的战友。

编后感悟：

萧玉成是一名在战斗中成长起来的优秀指战员，令人痛惜的是，他不幸壮烈牺牲，年仅 31 岁。他的一生虽然短暂，但是散发着璀璨的光芒。据不完全统计，在新民主主义革命期间，万安县牺牲的营级以上干部有 148 名，全县牺牲的有名有姓的烈士已知的有 5003 名。正是无数革命者完全不计代价的付出，才有了我们今天的幸福生活。他们永垂不朽，值得我们永远崇敬和缅怀。

（邱裕华）

第三辑　信仰篇

"我什么都不要！"

导语：康克清，从万安罗塘湾走出去的革命战士，在几十年的革命生涯中，成长为中国共产党的优秀党员、久经考验的无产阶级革命家、中国妇女解放运动的卓越领导人、中国儿童工作的开拓者。她曾任中国人民政治协商会议第五、六、七届全国委员会副主席，中华全国妇女联合会主席，宋庆龄基金会主席。1992年4月22日，康克清同志因病医治无效逝世，享年81岁。

康克清一生孜孜不倦为党工作，虽然她有条件享受优裕的生活，但康克清和丈夫朱德生活简朴，从不搞特殊化，始终保持一个共产党人的政治本色。朱德生前不止一次地讲："我的存款不要动用，不要分给孩子们，要把它交给组织，做我的党费。"康克清说，子女们应该接革命的班，继承艰苦奋斗的光荣传统，而不是拥有金钱和物质享受。1951年，康克清第一次回到阔别多年的家乡，在简陋的旧居里吃住一个星期，她认为这样既方便和乡亲们叙旧，还可以少给当地政府添麻烦。1962年，康克清第二次回乡，去五丰公社调研时，县委考虑一辆车拥挤，就派了两辆车，康克清不同意，说只需一辆车，大家挤挤，节省些汽油。

康克清故居

　　1992 年 2 月 28 日，81 岁的康克清因感冒、发烧住进了医院。起初，康克清坚持不住院，因为她心里惦记着近期还有许多工作：庆祝"三八"国际劳动妇女节活动、全国政协常委会第十八次会议、全国政协七届五次会议……在医生的劝说下，终于答应只住两天就出院。

　　康克清人虽然住院了，心却始终牵挂着工作。3 月初，一些领导同志去看她，她还特别提起即将召开的政协常委会和政协全会，询问筹备情况。大家劝她静心养病，可她怎么也静不下来。重病期间，康克清也未能真正停止工作。在病榻上，她审定了为纪念宋庆龄百岁华诞而撰写的文章《心系儿童缔造未来》和纪念"三八"国际劳动妇女节的文章《树"四自"精神，做"四有"女性》。

　　康克清病重住院的消息传开后，许多人想来看她。她对秘书说："我是个闲人，不要耽误别人的时间。"

　　4 月初，清明节快到了，病榻上的康克清凝望着窗外的蓝天白云。

这一刻，她一定更加思念她的亲密战友和伴侣朱德。自 1976 年朱德病逝之后，每个清明节，她都要带领儿孙到北京八宝山去祭扫，即使在外地，她也要赶回来。每次看到墓碑上的照片时，康克清总是泪水长流，她始终忘不了自己与朱德相遇相识的每一个细节。可是这次她病情严重，实在去不了，只能让儿孙们带着她的嘱托前往祭扫。朱德逝世 16 年来，这是她第一次未能亲自去扫墓。

4 月 10 日中午，康克清突然呼吸困难，双唇颤动，血压下降，医生立即进行抢救。她的一个孙子贴着她的耳朵问："奶奶，我们是不是把您的骨灰和爷爷的放在一起？"她点了点头。"其他的事由组织来安排是吗？"她又点了点头。

4 月 22 日，康克清永远离开了人世。弥留之际，她对围在身边的子孙们断断续续地说："这次，我可能拖不过去了……你们要好好地、太平地过日子……不要贪污，不要犯错误……"这时，泪水盈满了她的眼眶。

罗塘长征公园

临终前，康克清留下的最后一句话是："我什么都不要！"

"我什么都不要"，这正如康克清的一生，坚定、质朴、善良……也正吻合她自己名字中的"清"字——一生清清白白，干干净净地离开。

康克清去世以后，她的子孙们陆续回到她的家乡万安，先后向家乡捐赠她生前的遗物：穿戴过的烟灰色羊毛围巾、蓝色夹层马褂、乳白色春秋小西装等普通衣物，以及用过的白色带盖把搪瓷杯、镀金边玻璃眼镜、三角形竹笔筒等生活用品，还有字里行间圈画着读书心得的《毛泽东选集》《斯大林传略》《列宁是怎样写作学习的》等书籍。这些带着她体温的物件，陈列在康克清纪念馆，让人们看到了一位热爱家乡、心系天下的伟人，一位好学、勤勉的大姐，一位友善、节俭的长者。

编后感悟：

　　康克清为中国革命事业和国家建设贡献了毕生精力，始终保持一个共产党人的本色，勤俭朴素，艰苦奋斗，"什么都不要"，这种崇高品质永远值得后人学习。在今天推进中国式现代化的新征程中，需要每一名中国人，尤其是广大青少年继承和弘扬这种艰苦奋斗、甘于奉献的光荣传统，承担起实现中华民族伟大复兴的历史使命，在祖国和人民最需要的地方绽放绚丽之花。

（曾万飞）

江西早期革命家曾天宇

导语：在党史中，有这样一位青年的照片：身穿西装，系着领结，戴着金丝边眼镜，梳着 20 世纪二三十年代最流行的发型，文质彬彬，清秀俊朗。他就是江西早期革命活动家、震惊中外的万安起义主要领导人曾天宇，与方志敏、袁玉冰等一样是江西革命早期的杰出代表。

曾天宇出身于地主家庭，父亲是万安县商会会长，家有良田百亩，生活条件优越。但他义无反顾地背叛了家庭，走上了革命道路。辛亥革命前后，他在县立高等小学和南昌心远中学读书时，就非常关心国家前途和命运，曾说："我平生之志，乃振兴国厦，解民倒悬！"后来，曾天宇远赴日本留学，回国后在北京上大学，参加了五四运动。在北京，他学习和接受了马克思列宁主义，由一个爱国青年逐渐成长为具有马克思主义思想的知识分子。1921 年，他在北京加入了中国社会主义青年团；1925 年，加入中国共产党，成为南昌支部最早发展的党员之一。

曾天宇是江西早期马克思主义传播者之一。1923 年初，曾天宇回到南昌，积极参加江西革命运动。曾天宇和袁玉冰、赵醒侬、方志敏等人发起成立江西马克思学说研究会，以学术研究团体的公开身份开展活动，指导青年学生阅读马列书籍，进行马克思主义启蒙教育。同时，他还参与发起成立民权运动大同盟，公开宣传反帝反封建的民主思想，开展争取自由和民主的组织活动。这两个组织的成立，有力推动了江西革命的发展。

1924年5月，中共南昌支部成立。为宣传革命思想，训练革命干部，便于国共两党开展革命活动，支部在南昌设立秘密机关三处：黎明中学、明星书社、一平印刷所。曾天宇负责筹建黎明中学和明星书社，以便利用从事文化教育的合法形式，宣传马克思主义，开展革命工作。

1925年12月，江西地方军阀逮捕了赵醒侬等人，紧接着，明星书社也被封闭，黎明中学岌岌可危。南昌的政治形势严峻，曾天宇临危不惧，继续在南昌坚持斗争，机智应对敌人多次搜查。明星书社重开不久，曾天宇正召集几个人在书社楼上开会，突然闯进来两个暗探。他们说要买书，可眼睛又不看书，却对书社上下四周巡视。当发现还有二楼时，立即顺着楼梯往上爬。这时，正在楼下值班兼做保卫工作的店员立即大声说："水开了，楼上泡茶吧？""再不泡，开水就凉啦！"这是事先约好的处理紧急情况的暗号。话音刚落，楼上的二胡声就响了。两个暗探看见曾天宇在楼上领着几个人化妆排戏，只好灰溜溜地走了。

1927年初，曾天宇从苏联学习回来后，被派到南昌第三军军官教育团协助朱德工作。曾天宇既是国民革命军第三军政治部的宣传科长，又兼任军官教育团的政治教官。他主讲中国革命形势，着重讲农民问题，讲得深入浅出，生动活泼，深受学员欢迎。朱德曾赞扬说："曾天宇是个好教员，是能反映中国实际的马列主义教员，是能传播且善于传播马列主义思想的一个好教员。"

曾天宇点燃了万安的"星星之火"。在外读书期间，他一直关注家乡，常常利用假期回乡开展革命活动，传播进步思想。1922年1月，曾天宇利用寒假之际，回到万安，邀约张世熙等10多名进步青年，成立万安青年学会，创办《万安青年》杂志，宣传新文化、新思想，还定期刊登青年学生的读后感，在万安广大群众中播下了革命的种子，使万安的革命形势很快好转。

曾天宇是万安武装革命的先行者。1927年初，曾天宇利用回乡调查的间隙，在罗塘组建了万安第一支武装力量——万安农民自卫军，40多个队员，32支枪，共编为三个排、九个班。先由刘澄清担任队长，张松游任政治指导员，刘冠三为军事教官。后来，北伐军团长杨德明率领部下路过时，留在了万安，队长由此改为杨德明。

曾天宇是万安起义的主要策划者、领导者。1927年6月，曾天宇根据党的指示，以省委特派员的身份回到万安。9月，曾天宇在罗塘至善小学主持召开会议，传达八七会议精神及省委秋收起义计划。10月，在村背村召开党的积极分子会议，省委代表宣布赣西南起义以万安为中心。会议决定曾天宇任万安县行动委员会书记，领导万安起义。

1928年元旦刚过，万安进入第四次攻城紧张备战状态。此时，在井冈山的毛泽东来信联络，表示支持，给万安农军以极大鼓舞。1月9日凌晨，农军在曾天宇等人的率领下，兵分四路向万安县城进发。当四路农军到达城郊后，曾天宇一声令下，攻城的战斗打响了。顷刻间，赣江两岸，数万农军如汹涌的潮水，向县城席卷而来，驻城敌军仓促应战，无心固守，向赣州逃窜。1月11日，在万安县城东门沙洲上召开万人大会，曾天宇大声宣布万安县苏维埃政府成立。

曾天宇是一位视死如归的共产主义者。万安起义后，曾天宇率领农军向井冈山转移。但与敌军激战后，去往井冈山的道路也被封锁，曾天宇只好撤回老家罗塘乡村背村，藏在一位老婆婆家楼上。1928年3月5日晚，敌军出动一个连的兵力，将曾天宇藏身的房子团团围住，将村民赶到屋前，扬言要放火烧村，逼迫曾天宇投降。在这危难之际，曾天宇为了村民，推开屋顶上的瓦片，跳上屋顶，面对乡村父老，作了最后一

曾天宇牺牲地

次演讲。敌军再三劝降，曾天宇高声回答："我愿以身殉党，决不为鼠辈所辱！"他接连开枪射击，击毙几个敌军。当剩下最后一颗子弹时，他连声高呼"共产主义万岁！""苏维埃政权万岁！""中国共产党万岁！"然后，从容地对准自己的太阳穴扣动扳机，壮烈牺牲。

编后感悟：

　　曾天宇虽出身于农村地主家庭，但他能背叛自己的家庭，站在受地主剥削压迫的广大贫困农民一边，为他们的翻身解放和幸福奋斗终身。在学生时代，他是一个追求光明、追求进步的勇士，始终站在反帝反封建的最前沿；进入社会后，他是一个勇于斗争、善于斗争的领导者；入党后，他又成了一个信仰坚定、无比忠诚的共产主义战士。他的牺牲，充分彰显了一位共产党员追求真理、心系人民、坚韧不拔的革命精神。曾天宇为革命鞠躬尽瘁，其历史功绩，彪炳史册。他的生命虽然短暂，但精神长存，永远激励着后人不断前进。

（曾万飞）

满门忠烈张世熙

> **导语：**张世熙，又名张少西，化名王又新、刘永祥，生于 1894 年，万安县窑头镇中塘村人。万安起义后，张世熙辗转到了南昌，进入江西省委工作。1928 年 6 月，张世熙作为江西省三个党代表之一，前往苏联莫斯科参加中共第六次全国代表大会。后担任中共江西省委书记，1929 年被捕牺牲，他的一家都是烈士。

1928 年 9 月，张世熙从苏联回国后，及时向省委作了汇报，传达了党的六大会议精神，并提出贯彻会议精神的意见。此前，省委已遭到破坏，多人被捕，组织机构已不健全。10 月 17 日，党中央决定对江西省委进行改组，确定张世熙等 4 人为省委常委。新省委积极筹备召开全省第二次党代表大会，选出省委领导机构，以便更好地领导全省的革命工作。

12 月 5 日至 12 日，中共江西省第二次党代表大会先在鄱阳湖中开幕，出于安全考虑后转至湖口县舜德乡王遂村继续举行。大会选出了省委领导班子，张世熙当选为省委书记。

新省委成立后，主要工作不再是大规模的群众武装起义，而是大力发动群众，以积蓄革命力量，迎接新的革命高潮。张世熙认为，推动革命运动向前发展，健全党的组织是关键。为此，他集中精力，不断完善各级党的组织机构。他首先健全省委各部委，指示各特委召开党代会，并从省委抽调一部分干部，下派到各特委和重点县的县委领导班子。1929年9月7日，《中央给江西省委的指示信》中充分肯定了张世熙领导的省委工作："江西工作有了相当的进步。"

9月下旬，党中央决定再次改组江西省委，指定省委常委、农委书记沈建华为省委书记。张世熙调往景德镇，恢复建立中共赣东北特委。张世熙愉快地服从组织决定，化名刘永祥，以省委巡视员的身份，到景德镇工作。他很快重建了赣东北特委，并经常深入景德镇的瓷业工人中，具体指导赣东北的革命斗争。

省委改组后不到两个月，11月23日又遭到敌人的破坏，沈建华等许多省委领导人被捕或牺牲。吉安、九江、景德镇等地的党组织也遭到破坏。12月2日，驻景德镇的赣东北特委干部张锦枝被捕叛变，致使张世熙12月12日被捕，随即被解往南昌。

中塘村

敌人知道张世熙是中共要人，欣喜若狂，妄想从他口中挖出些重要信息，对他使尽了浑身解数，敌人先以高官厚禄诱降，但张世熙根本不为所动；敌人又让叛徒来劝说，但张世熙横眉怒斥，使这个叛徒无地自容。利诱不成，敌人便施以种种酷刑。在严刑拷打面前，张世熙依然誓死不屈："你们不要白费力气了，要杀就杀，我是什么都不会说的！"作为曾经的省委书记，知道很多秘密，但他始终没有吐露半个字。敌人软硬兼施也撬不开他的嘴，一无所获，气急败坏。年底，张世熙被秘密杀害，时年35岁。张世熙在南昌被害后，万安的国民党反动派灭绝人性，又将其妻严秋香和18岁的儿子张理景以"匪婆""匪崽"的罪名加以杀害。

张世熙的一家为中国革命事业流尽了最后一滴血，可谓满门忠烈。张世熙最亲爱的弟弟张世瞻，1927年5月任中共赣州地委书记，同年7月不幸被捕，英勇就义，生命定格在23岁。此外，张世熙的叔叔张光苾，堂兄弟张世则、张世纲也都为革命献出了生命。

编后感悟：

张世熙一家为了中国革命事业，抛头颅、洒热血，献出了宝贵的生命，这值得我们永远铭记。我们今日的和平安逸，正是无数像张世熙及其家人的革命先烈用热血浇筑的。"国家兴亡，匹夫有责！"生活在幸福时代的我们，当铭记革命历史、赓续红色血脉、传承红色基因、汲取奋进力量，不怕困难、勇于攻坚、自强不息、奋斗不止，向着中华民族伟大复兴的光辉前景奋勇前进！

（曾万飞）

农协主席刘光万

导语：刘光万（1895—1934），字荣贯，奶名六俚，出生于穷苦家庭。没有进过校门的刘光万，虽然目不识丁，却在中国共产党的引领下，经历革命斗争的洗礼，成长为万安县农民运动的领头人。

1923年，是刘光万命运转折的一年。他成了万安县立高小的一名伙夫。

他的堂叔刘冰清是这个学校的老师，刘光万能进学校工作，正是缘于堂叔的介绍。当年的县立高小不仅是传道授业的学校，更是万安革命的中心和摇篮。革命先驱曾天宇经常在学校与张世熙、刘冰清、文章等人从事革命活动。张世熙、刘冰清、文章等人入党后，便以教员身份作掩护，继续从事革命工作。

对于这一切，刘光万看在眼里，喜在心里。他非常珍惜这来之不易的工作机会，除搞好炊事工作外，他还主动承揽了许多额外的工作，比如打扫卫生、给老师们送开水等。他虽然穷，但有骨气，从来不贪身外之财。有次扫地，他意外捡到一枚二毫硬币。这可是天上掉下来的一个惊喜。然而，刘光万竟然没有丝毫犹豫，马上交给校长，让校长归还失主。校长接过硬币，称赞说"光万真是个老实人"。

刘光万还是一个好学的人。他深知没有文化的苦处，不愿像父亲那样一辈子做睁眼瞎，受尽地主恶霸的欺负。每当从教室外经过时，他经常驻足，站在窗外听老师讲课。

相互熟悉后，中共江西省委特派员曾天宇、县委书记张世熙逐渐了解到刘光万的为人，认为他正直、善良、可靠，所以有意识地逐步培养他，锻炼他。

开会时，先让他站岗放哨，接着又让他倒茶送水，后来有时叫他跑跑腿，叫个人，送个信。对于这些事，刘光万就像对待煮饭炒菜一样，认真仔细，从未出过差错。有一次，张世熙笑着对刘冰清说："你那个侄子刘光万，虽说不认字，但是个可造之才，你要多培养。"刘冰清点点头。从此，一有空，刘冰清就给他讲述革命道理。慢慢地，把一颗革命的种子种进了他的心田。

当时，曾天宇、张世熙等人组织开展了轰轰烈烈的工农运动，准备成立万安县农民协会。万安党组织经过再三考虑，决定选出身雇农、热心参加革命活动的刘光万作为领头人。1925 年，万安县农民协会在县城大成殿宣告成立，刘光万被选为主席。

当选后，刘光万深感担子重，压力大。在曾天宇、张世熙等人的指导下，他身体力行，走村入户，深入群众，做思想发动工作。1926 年 9 月，北伐军路过万安，其中有一支由"广州农民运动讲习所"学员组成的宣传队。队员郭燕台是万安人，他带着部分队员暂住在县立高小（县农协办公地点也设在学校内）旁边的农舍里。刘光万抓住机会，天天协助和配合郭燕台等人上街演讲、散发宣传单，大张旗鼓地开展革命动员。有一天，在县城北门广场召开农协会员大会，刘光万从容地走上讲台，大声宣讲："不革命者两条死路，革命者一条死路，但是却有一条活路。"为什么呢？他接着解释："不革命者要被革命者排除，这是一条死路，又要被反动的军队屠杀或焚掠,这是又一条死路。但是,革命者固然不幸被反动者捕获而免不了一死,不过在革命斗争中,却有可以打倒反动派的一条生路。所以说革命者一条死路,却另有一条活路。"参会的人根本没看出他没进过校门,都认为他讲得头头是道。会后,热血青年竞相报名参加北伐军。

同时,依据中共万安县委的要求,刘光万狠抓农民协会的组建工作,农协组织由此发展迅速。从区到乡到村,各级农协陆续成立,而且农协的执行委员,都由农民担任,具有一定文化水平的农民则担任农协文书。农民对农协非常拥护,争先恐后地加入。农协一旦召集会议,上自七八十岁的老翁,下至七八岁的儿童,无论男女,都能济济一堂,讨论问题,自由发表意见。有一次,潞田农协把本地豪绅的衣服没收了,可是物少人多,不易分配,于是召集开会,共同商讨。乡农协主席说:"我提议,解决办法只有一个,就是谁家人多没有衣穿,就给谁穿,你们认为行不行?"大家齐声说:"行,没意见。"显然,在苏维埃政府成立以前,各级农协就是广大农民的主心骨。

在革命风雨的洗涤中,刘光万卓然成长为一名农民运动组织者和指挥者。无论是组织集会,还是参加战斗,刘光万都能做到从容不迫,很有大将风度。他领导广大农民开展减租减息、禁赌禁烟运动,坚决镇压反动土豪劣绅、不法地主和贪官污吏。比如在罗塘减租减息的大会上,面对广大农民,刘光万一字一顿地宣布:"农民兄弟们,你们不要怕,现在有农会给大家撑腰,再也不用害怕地主恶霸了。"他一边挥舞着粗壮的大手,一边说:"从今天开始,向地主租种一斗田,每年缴纳的租谷从100斤减为50斤,借的生谷每百斤年利息从50斤减为20斤,借的钱年利息从二分四减为一分二,好不好?""好!"在场农民齐声叫好,掌声如雷。又比如在攻打泰和县城的战斗中,泰和农军打光了子弹,一时陷入全军覆灭的危险中，得知这一消息后，刘光万冷静地指挥万安农协会员紧急支援，你扛一包，我背一箱，大家齐心协力，源源不断地将子弹送往战场一线，给了泰和农军最有力最及时的帮助。

正是因为有了各级农协，才能奠定万安县坚实的革命基础。1928 年 1 月 9 日，万安起义第四次攻城。战斗中，刘光万又是主要领导者之一，一马当先，带领农军奋勇杀敌。

编后感悟：

刘光万 28 岁时还是一个目不识丁的农民，30 岁成了全县农民运动的领袖。两年时间，完成了这么大的转变，真是一个奇迹。穷则思变，变则通。学习加实践，是改变现状的不二法门。把个人的命运与劳苦大众紧密相连，生命才能获得源源不断的力量和支持，也能更好地提升生命的价值和意义。如此，人，才是一个大写的人。这也是刘光万的经历告诉我们的。生命的意义和价值是值得每一个人思考的课题。作为一个普通人，无论学习和锻炼，工作和生活，给自己定一个明确目标并为之努力，假以时日，一定会有突破。特别是党员干部，格局放大，用好手中的权力，为百姓做点实事，谋点福利，这样活着才是人间值得。

（刘香莲）

"振兴中华，建设万安"

　　导语：王辉球（1911—2003），1911 年生于万安县芙蓉镇雁塔村一个贫苦农民家庭。1927 年，还不满 16 岁的王辉球因生活所迫，到遂川做学徒，受当时革命思潮和运动的影响，毅然加入革命洪流，跟随革命队伍上了井冈山。王辉球戎马一生，南征北战，出生入死，立下了赫赫战功。新中国成立后，被授予中将军衔，荣获一级解放勋章、一级独立自由勋章、二级八一勋章、一级红星功勋荣誉勋章。

　　"井冈斗争星火燎原，革命意志磐石坚，红米南瓜救命根。稻草当被盖，单衣度冬寒。用我们的刺刀枪炮头颅和热血，坚决与敌决死战。高歌悲壮忆先烈，喜看今朝振兴中华，莫忘昔日艰苦岁月。"

　　这是王辉球将军在井冈山革命烈士陵园的石碑林中留下的一块亲笔碑文。

　　将军生前把井冈山当作自己的精神家园。2005 年 10 月，"王辉球同志骨灰安葬仪式"在革命摇篮井冈山革命烈士陵园隆重举行，将军终如他所愿，魂归故里。

　　王辉球 15 岁离别家乡，踏上了革命征程，功成名就后时刻挂念家乡，心系故里。

1959 年初，春寒料峭，王辉球在广州出席全军政工工作会议后，顺道回到了阔别 32 年的万安老家，在家住了三天。

在中共万安县委大院，王辉球受到时任党政军领导的欢迎。王辉球望着两座教堂房子说："过去的天主教堂，如今做了县委机关，真是时过境迁，意味深长啊。"他告诉身边的秘书和警卫人员，这两座教堂有一百多年的历史了，曾经发生过假传教士欺压中国人的事件。可见帝国主义对中国侵略之广，连万安这样的小地方都不放过。末了，又语重心长地对大家说："对年青一代要加强教育，让他们懂得历史，不忘过去，不忘帝国主义的侵略！"

王辉球听说五丰镇建了新村，许多人都搬到新村去了，他让侄子王培兴陪他去看看。新村正在挖塘泥，挑塘泥的村民都放下劳动工具来看他。王辉球随即脱下军大衣，准备和村民一起去挑塘泥，军裤后面露出两个用车线缝得密密麻麻的补丁。乡亲们很惊讶，将军还穿有补丁的裤子？王辉球笑着回答说："将军就不能穿旧衣服？艰苦奋斗的精神人人都

王辉球旧居

需要！”随后，王辉球和大家一起跳下塘里，抓起铁锹就干了起来。几个年长的乡亲说，他虽然当了大官，但还是和以前一样，没有一点官架子。临别时，将军告诉乡亲们，现在国家困难，但困难是暂时的。大家一定要听毛主席的话，跟共产党走，团结起来，发展生产，生活一定会慢慢好起来。

拳拳赤子心，殷殷桑梓情。王辉球心系家乡，一直为家乡建设献策出力。1986 年 8 月，老将军为家乡人民亲笔题词“发扬光荣传统，振兴四化建设”，鼓励家乡人民为祖国建设作贡献。1988 年 1 月，为了纪念万安起义胜利六十周年，将军专门从北京写来热情洋溢的贺信，并题写了“振兴中华，建设万安”八个大字，再次表达了对家乡人民的激励与殷切期望。1992 年 6 月 23 日，中共吉安地委（现改为中共吉安市委）在北京人民大会堂召开在京吉安人士座谈会，将军不顾年事已高，欣然前往，与中共吉安地委、万安县委的领导亲切交谈，鼓舞晚辈要继续为建设万安作贡献，并热情地表示，在自己力所能及的范围内尽力为家乡人民解决一些实际问题。王辉球一生撰写了大量的革命回忆录，如《从徒工到红军战士》《忆万安大革命斗争片断》《王辉球事略》等等，为后人、为家乡人民留下了一批宝贵的精神财产。

编后感悟：

　　王辉球将军把自己的一生交给了人民，交给了党，并作出了卓越贡献。将军始终心系故里，高风亮节，以自己的实际行动关心家乡人民的生产生活，关注家乡的经济社会发展，这份桑梓深情永远值得我们铭记。我们要以此为动力，众志成城，建设美好家园。

（罗宏金）

他满身都是伤疤

导语：匡裕民从小经受贫苦的磨难，饱尝生活的艰辛。受革命思潮的教育和启发，19岁那年与哥哥匡裕镜一道参加了当地的农民协会，先后当上乡苏维埃政府的土地委员、自卫队队员，积极带领劳苦大众斗土豪分田地，从此走上革命道路，成长为开国中将。

1927年11月，在万安农军奇袭泰和县城的战斗中，匡裕镜不幸中弹牺牲，匡裕民含泪掩埋了兄长，拿起武器，带领农军自卫队向敌人发起了更猛烈的进攻。几天后，曾天宇带着200多农军埋伏在城西漂神，拦江截击从赣州乘船而下的国民党第九军金汉鼎部。匡裕民率领农民自卫队，在城北的桃花洞架设自造土炮——松树炮轰击敌人。那松树炮十分厉害，射程远，威力大，尤其是炮弹射出的铁锅片，棱角锋利，形状多样，被打伤的敌兵在南昌开刀，连外科医生也摇头叹息，无可奈何。曾天宇知道后风趣地说："匡裕民，你真狠呀，连铁片都不让人取出。"匡裕民幽默地回答道："这不更好吗，有个纪念的东西！"大家听了，都哄笑起来。

1928年1月9日，万安县委领导农军第四次攻打万安县城，匡裕民率领农军负责进攻东门。他身先士卒，英勇无比，率先突破了东门，进入城内，为万安起义的胜利和建立江西第一个县级苏维埃政府立下了汗马功劳。

1930年9月，匡裕民在一片锣鼓声中参加了红军，成为军委警卫团一名普通战士。首长见他身板结实，就把他调到红一方面军总部炮兵连。

1931年5月，第二次反"围剿"攻打广昌的战斗打响了，匡裕民扛着迫击炮参加了这次战斗。广昌城北的敌人凭借山头坚固的工事和精良的武器，负隅顽抗。战斗十分激烈，红军战士被压在山腰进退两难。匡裕民牢牢稳住炮身后，瞄准敌人的火力点，果断发炮！这一炮真神，准确地落在敌人的火力点上，敌人机枪哑巴了。广昌一战，匡裕民"神炮手"的美称在红军中传开了。不久，他升任红一方面军总部炮兵连连长。1932年5月，历经战火洗礼，匡裕民光荣地加入了中国共产党。

由于用炮稳、准、狠，匡裕民引起了红三军团首长彭德怀的注意。彭德怀把他要到红三军团，先后担任军团特科队队长、炮兵营营长。在中央苏区后三次反"围剿"中，一旦红三军团进攻受阻，彭德怀就会一声断喝："叫匡裕民来！"匡裕民也不含糊，总会来几炮，干干净净就解决了顽敌。在横刀立马的彭大将军的熏陶下，匡裕民英勇顽强的战斗作风更加成熟。

长征途中，红军减员严重，各部缩编，匡裕民又调到红一军团工作，历任炮兵连副连长、山炮连连长，深得军团长好评。1936年10月，红军三大主力会师，全部红军只剩4个炮兵连，匡裕民就是4个炮兵连长之一。

1950年10月的一天，匡裕民精神抖擞地走进彭德怀司令员的指挥所："报告，红三军团特科队队长匡裕民前来报到。"

彭司令员眉开眼笑，亲热地迎上前握着匡裕民的手说："不，不，红三军团已成为历史。你现在是军区炮兵司令，是志愿军炮兵指挥所主任啰，重任在肩啊！"接着彭总向他介绍了目前的战局。然后，语重心长地说："我们的制空能力小，炮兵的威力就要更好地发挥出来，要打得准，打得猛，打得狠！"

"是，保证完成任务！"

"你啊，豪气不减当年，还把大崽送到了朝鲜，这次是父子参战哟。"

"保家卫国嘛！"

听着匡裕民的回答，彭司令员深情地点了点头。

匡裕民怎能减去当年的锐气呢！打从参加红军起，他就跟随毛主席、朱老总转战南北，渡湘江、打遵义、爬雪山、过草地。抗战时期，党中央把他留在延安炮兵学校，担任副校长，和郭化若、邱创成一道创立我军第一所炮兵学校。他这个大老粗也登上讲台，向战士们讲解怎样保护炮、怎样操炮、瞄准、射击的知识和原理，为解放战争培养了大批炮兵。后来，他指挥炮兵参加了辽沈、平津、太原等战役，为中华民族的解放贡献了自己的智慧和力量。如今，他在彭司令员的领导下，指挥着炮兵向美军开炮。援朝战争，历经三载。上甘岭战役，金城战役……都留下了他"开炮"的铿锵声音。战争的胜利，也凝聚着匡裕民的心血和智慧。因此，他荣获朝鲜一级自由独立勋章。彭司令员高度赞扬说："匡裕民父子参战，功不可没！"

但是，几十年来，匡裕民在抗美援朝中经历过爱子战死的巨大悲痛一直鲜为人知。那是在抗美援朝第二次战役中，匡裕民的大儿子不幸壮烈牺牲。消息传到炮兵指挥所，大家心情沉痛，悲声一片。匡裕民摘下军帽，沉默片刻，忍着悲痛，坚毅地说："他是为祖国而死，为朝鲜人民而死，死得光荣！"彭司令员知道后，钦佩地赞道："这就是老红军的本色，将军的胸怀！"

1977 年 4 月 9 日，匡裕民将军不幸逝世。亲人们在给将军换衣服整理他的遗物时，没有发现任何值钱的东西，只有他身上的十三处伤疤，赫然在目……

编后感悟：

匡裕民，一个贫苦农民的儿子，在苦难中成长，在贫苦中参加革命，几十年后在简单俭朴中离开人世。他满身的伤疤，是将军无私无畏、英勇奋战一生的崇高象征和真实记录，也是留给后辈的厚重期望和深刻启迪——那就是大公无私，忠于祖国，忠于人民。

（罗宏金）

为穷人翻身而奋斗

> **导语**：在万安县涧田乡，有个依山傍水的村庄，村后有座大山，龙盘虎踞，远远望去酷似一只头硕体肥的雄虎，闭目养神，静静而卧，因此村名叫卧虎头。1909 年农历正月初六寅时，一个男婴在卧虎头呱呱坠地。他就是后来驰骋沙场、赫赫有名的开国中将钟汉华。

钟汉华 9 岁时迈进私塾大门，先生陈梦兰是清末秀才，学识渊博，拥护辛亥革命，颇有民主、科学、文明的进步思想。他对学童不只教四书五经，还教授历史、地理、修身等新学课本。钟汉华天赋好，聪明好学。先生对他特别严厉，常让他背诵苏轼《留侯论》，希望自己的学生长大后不做性格暴躁的勇夫，而要做个遇事冷静、有勇有谋的人。

钟汉华苦读 5 年，不负师望，门门皆优。因贫穷寒酸，穿着破旧，那些富家子弟瞧不起他，常以冷眼相视，但钟汉华雄心在胸，泰然处之，埋头读书。1925 年，五卅惨案波及校园，钟汉华热血沸腾，和老师同学组织了五卅惨案后援会，积极宣传反帝爱国思想。从此，爱国的种子在钟汉华的心里萌芽扎根。

高小毕业的钟汉华，返家寻找出路，毅然参加了乡农民协会。1925 年仲夏的一天，万安县"遴选"县参议员，良口区进行初选，选举为豪

涧田钟家宗祠

绅所操控。钟汉华号召农协会员联名抗议，选举筹委主任鄙视地说："按法律要有三千之家产才能参选，更要具有豪富、文杰、门望等条件才行，你钟汉华只不过小学毕业，无家资可言，怎么能胡闹参加竞选！"钟汉华一听此言，义愤填膺，勃然大怒："看来穷人要翻身，先要改变这不合理的社会制度。"

1926 年秋，钟汉华光荣地加入中国共产党，全力投入发展和领导农民协会的工作中，后被选为上陈乡农民协会秘书长。万安起义期间，他积极组织农民自卫队参加战斗，为置身于这一伟大的革命洪流而深受鼓舞，深感为百姓求解放，为人民争自由有了出路，有了前途。

四一二反革命政变发生后，万安的农协组织大都遭到破坏，很多党员和农协会员惨遭杀害。在这严峻的考验面前，担任乡党支部书记的钟汉华志不沉、气不馁，积极联络失散的同志，伺机营救被捕的革命志士。

为保护革命火种，钟汉华便以教书为掩护，秘密恢复党组织和农民协会。他机智周旋，勇于斗敌，不辞辛劳，历经一年，发展党员 6 人，农协会员 80 余人。1929 年，在赣县游击队的协助下，涧田等地的苏维埃政权相继成立，钟汉华调任涧田少共区委书记。1930 年，任赣县独立团团长；1931 年秋，任红二十一军一八七团政治委员，参加中央革命根据地第一至第五次反"围剿"作战，开启了他漫长而光荣的革命生涯。

编后感悟：

　　从小立志，要为穷人翻身而奋斗，这是许多革命前辈的铮铮誓言。我想，这种坚定的信念来自于中华民族独立和解放的追求，来自于无比崇高的共产主义理想。革命先烈、先辈的故事和精神，将激励一代又一代在中国式现代化蓝图上描绘精彩的人生轨迹。

（陈峪）

卧虎头

红军好医生游胜华

导语：他出身贫苦、当过战士，从红军卫生学校毕业后，一直战斗工作在医疗卫生岗位。抢救伤病员，为部队卫生整治工作提建议，宁愿病死也不动用特效药……他就是开国少将游胜华。

游胜华出生在芙蓉镇光明村一户贫苦人家，同旧社会千千万万贫穷家庭一样，从小住破庙、盖稻草、吃糠咽菜，穿着破衣烂衫。父亲在他年幼时，因欠债被逼得投赣江而死。牛马一样的艰苦生活并没有泯灭母亲对儿子的期望，母亲卖苦力拼死拼活地干，让年幼的他读了六年书。

大革命风起云涌，14 岁的游胜华参加了轰轰烈烈的农民运动，在乡农协承担书记员工作，参加了曾天宇、张世熙等领导的万安起义，后任乡苏维埃政府文教委员。1929 年，游胜华在"扩红"中参加了主力红军，在东固被编入红四军第十一师，担任卫生员。

第二次反"围剿"开始后，红军伤亡很大，红军卫生部长贺诚向毛主席建议，组建红军卫生学校。得到批准后，红军卫生学校随即在瑞金成立，游胜华成为第一批学员。经过 15 个月的紧张学习，在毕业考试中，游胜华取得第二名的好成绩。

毕业后，游胜华回到了红一军团，正式担任军团卫生部的医生。他曾当过红军战士，在第一、第二次反"围剿"战斗中，勇敢地冲锋陷阵，深知受伤的痛苦。所以当医生后，他全身心投入医疗事业，争分夺秒治疗危重伤病员。游胜华不但用尽平生所学救治伤病员，而且能根据特殊病例开展研究，加强医学知识的学习。因为游胜华敬业负责，医术精湛，不久，组织上提拔他为军团医院医务科科长，接着又转任红军后方医院第二所所长、红一师第三团卫生所所长、红一军团卫生部医务科科长。

游胜华当了干部后，深感肩上担子更重了。在第五次反"围剿"战斗中，他突然发现战斗间隙，常有战士往医院跑，不是皮肤感染，就是肠胃不好，"这也影响战斗力呀！"他深入部队调查，终于发现一些连队平时马虎随意，不注意环境卫生。于是，他向领导反映了这些问题，并且建议利用战争间隙或战后休整的机会，以连队为基本单位，开展以整理环境卫生和个人卫生为主要内容的卫生大竞赛运动。同时，他根据部队卫生工作需注意的问题，提出竞赛的 8 条标准，包括睡觉熏蚊子、不喝不卫生的水、用热水泡脚、打裹腿等。他的一系列建议不但得到总卫生部的采纳，而且引起了朱德总司令的重视，并给予大力支持。红一方面军总部为此发出文件，提出要求。红一方面军进行了环境整治，收到很好效果。

1934 年 10 月，游胜华随红一方面军总部踏上了战略转移的万里征途。

过赣江时，游胜华不幸染上了疟疾。此时，他任红一军团司令部卫生所所长，手里握有 14 支奎宁针剂。这是治疗疟疾的特效药，是潜伏在国统区的地下党员冒着生命危险弄来的，极其珍贵。救命药就在自己手里，游胜华却怎么也不肯用。有人劝他："你有 2 支的支配权，就打了吧。"游胜华说："不，作为医生，怎能自己先使用呢？"又有人说："治好了你这个医生，才能医治更多的伤病员呀！"这话说得在理，但游胜华依然坚决不用，摇摇头说："不行，奎宁要留给更需要的人。"就这样，游

胜华硬挺着，始终没用这两支奎宁。直到红军强渡湘江后，司令员聂荣臻派出四个警卫员，用担架将他送到军区卫生部治疗，才使他转危为安。

游胜华以身作则的模范言行，感动了不少红军指战员，成为长征路上又一个动人的故事。

编后感悟：

新中国是无数革命先烈用鲜血浇灌而成的，其中除了有不畏生死、英勇陷阵的前线将士，还有救死扶伤、舍己为人的战地医护人员。他们始终坚守在战斗最前沿，用实际行动践行了甘于奉献、大爱无疆的崇高精神。这样的精神已镌刻在历史的长河中，永远铭刻在我们的心里，成为新时代新长征路上的动力源泉。

（陈峪）

我是一个兵

> **导语**：萧元礼（1909—1998），开国少将。中国共产党的优秀党员，久经考验的共产主义战士，我军优秀的政治工作者和军事指挥者。他曾荣获二级八一勋章、二级独立自由勋章、一级解放勋章、中国人民解放军一级红星功勋荣誉章，但他不居功自傲，始终保持革命者的廉洁奉公本色。

解放战争时期，萧元礼历任多种职务，先后率部参加了双沟、祁义、定远店和中原突围、西征陕南等战役，还有著名的淮海战役和渡江战役。每次战斗，萧元礼所部总是英勇顽强，敢打敢冲。

1946年6月底，中原开始突围。震惊中外的中原突围是我国解放战争的起点。当时的解放军处境危险，环境恶劣。萧元礼克服重重困难，率部完成了北路突围和创建豫鄂陕根据地的艰巨任务。既从战略上有力配合了各解放区战场，支援了在内线作战的兄弟部队，又保存了精锐兵力，培养了大批英勇善战的优秀指挥员，为后来的反攻中原储备了骨干力量。

1947年8月1日，冀鲁豫纵队在郓城地区成立，后改称第十一纵队。原独立第一、二、三旅，依次改编为第三十一、三十二、三十三旅。萧

元礼任第三十三旅政委。纵队的主要任务是配合刘邓野战军主力出击大别山和坚持鲁西南地区作战，有效掩护刘邓大军挺进大别山的战略行动。

那时，上级指派萧元礼指挥三十一、三十二旅。

在与河北省国民党保安旅作战时，萧元礼率部只用短短的一天时间，就迅速全歼了该旅。萧元礼指挥的三十一旅全歼东明守敌3400余人，缴获大批物资。三十一旅的一个营长还活捉了河北省第十四专署中将保安司令丁树本。想不到的是，那个营长一时糊涂，竟被丁树本用一块精致的瑞士手表收买了，当场把丁树本放了。萧元礼得知后，立即扬鞭策马，带了一个骑兵班去追丁树本。很快，丁树本被重新抓获。事后，萧元礼及时了解事件的缘由，并马上召开全体官兵大会。大会上，萧元礼分析了此事件的严重后果，为严肃军纪以振军威，他十分严肃地告诫："这个营长贪图钱财，违背了一个革命军人，一个共产党员的立身根本，必须给予严惩！"随即他宣布撤销这个营长的职务，降为士兵。他又号召大家说："同志们，在这样的关键时刻，我们务必要遵守三大纪律八项注意，干部要带头，以身作则，坚决做到清正廉洁。"此次大会及时消除了这一恶性事件带来的负面影响，给广大指战员上了生动的一课。

战争年代，每次战斗胜利后，都能缴获一些贵重物品。有一次，一个部下拿着几根规格不同的金条来到指挥所，高兴地向萧元礼报告："首长好！这是我们缴获敌人的金条。请首长挑一件。"萧元礼先是满脸笑容地表扬了他们勇敢杀敌，随后收敛笑容，表情肃然地说："不是早就说过了吗？缴获要归公。快把这些东西拿回去，让上级处理，我们绝对不能私自拿用。我更不能带头。"萧元礼就是这样言行一致，影响和带动着他的部队。部下谈到他的为人时，总是说："首长在原则问题上从不含糊，我们打心眼里尊重首长。"

　　新中国成立后，进入和平建设时期。1984 年，萧元礼正式离休。每当人们谈起他的光荣历史，称赞他是有功之臣时，他总是淡然地回答："我是一个兵，一个靠人民哺育成长的子弟兵！"是呀，每当人们说他是功臣时，往事总是历历在目，如潮水般不可遏止。

　　其实，谦虚谨慎和清正廉洁，是萧元礼的为人本色。早在 1928 年 1 月 9 日，万安农军第四次攻打县城时，他所在的一路农军率先攻开了县城东门，接着其他两路也迅速攻进县城。攻城后，一些豪绅地主见势不好，仓皇逃跑，有的钻进了下水道。他带着工人赤卫队，分两路围堵，把逃跑者全部抓获。万安起义获得胜利后，萧元礼及时把缴获的财物上交到指挥部。战后，大家不但竖起大拇指称赞他们作战勇敢，而且说："你们是一群合格的少年工人兵，守纪律，不乱来！"

　　后来敌人反扑，县委撤离县城转入农村开展工作。1930 年 4 月，还乡团来抓萧元礼，他机智逃脱，辗转到了东固革命根据地，参加了中国工农红军。

万安县城新景

1934年10月，萧元礼随部队开始了艰苦卓绝的长征。在湘江战役中，萧元礼置个人生死于度外，顶着连续恶战的极端疲劳与敌激战，子弹打光，就与敌人展开白刃战，打退了敌人一次次进攻。12月1日，战斗结束后，萧元礼看到全团出发时的2700多人，只剩下800多人，忍不住与活着的同志抱头痛哭。他饭也吃不下，一路走一路哭，一路哭一路走。这是他最难过的一天。

就这样，萧元礼凭着顽强的意志和对革命前途必胜的坚定信心，走完了长征路，走过抗日战争，又走进了解放战争，直到后来成为广州军区政治部副主任、副政委。

无论是战争年代还是和平年代，不管任何时候，萧元礼都以"我是一个兵"的标准来严格要求自己，既无所畏惧又廉洁自律，从不搞特权。直到他生命的最后时刻，人们要给他一点特别的照顾，认为他配得上任何享受，他也总是坚决拒绝。因为在他的心里，他始终把自己当成普通一兵，一个受人民恩惠的兵。

编后感悟：

"我是一个兵"，一句普通又不普通的话，表达了一个革命军人与普通百姓的鱼水情深，军民一心，众志成城；体现了一个共产党人的初心和誓言，为人民而战；更彰显了一位领导者的高风亮节和非凡气度。"生而不有，为而不恃，功成而弗居。"作为后人，我们不能忘记先烈的丰功伟绩；作为新时代的党员干部，更应该发扬革命先辈的精神，廉洁奉公，严于律己，在工作中要紧密联系群众，做人民的公仆，切不可高高在上，居功自傲。

（刘香莲）

海上探路

导语：黄荣海（1916—1996），涧田乡良口村人，开国少将。为了粉碎美、蒋阴谋，配合东北抗日联军建立革命根据地，黄荣海带领先遣部队跨海北上探路。

1945年9月下旬，中央军委命令渤海军区抽调3个大团，由海上前进，在冀东一带登陆。但由于船只筹集困难，集结的船只甚少，美国海军又将塘沽、大沽一带封锁严实，为了争取时间迅速北进，渤海军区决定乘船从渤海湾插过去，经涧河口至乐亭登陆，赶至山海关进入东北。

"这个任务交给谁呢？"

"对，就他了，把黄团叫到我办公室来！"军区首长喜上眉梢地说道。

"报告！"被称作"黄团"的黄荣海走进来，向首长敬了一个标准的军礼，"首长有什么指示？"

首长严肃地说道："现在有个任务要交给你，需要你带领少数精悍部队从海上出发，为后续部队北进探路，能否完成任务？"

"保证完成任务！"黄荣海坚定地回答道。

10月5日，天刚亮，黄荣海便率领第十六团三营和团部一部、特务连共 900 多人向冯家堡急进。当队伍到达时，战士们看着光秃秃的沙洲和碧蓝的大海，再看看眼前一字摆开的木船，纷纷议论："这里的日本鬼子不是被我们打跑了吗？还来这里干什么呢？"

黄荣海听到战士们的议论后，立马召集大家在沙滩上开了一个动员大会，传达了上级的命令："上级要我们作为先遣队，负责侦查海上情况。这条水路，是一条最理想也是最危险的捷径，美国军舰已经开进塘沽、秦皇岛，企图抢占东北，由于任务紧急，我们必须火速出发！"

战士们听了黄荣海的话后，愤慨激昂地吼道："反对美帝国主义，打倒蒋介石反动派！""黄团，美国鬼子我们也不怕，一定胜利完成北进任务！"

会后，战士们忙碌起来，开始了上船的准备。为了尽可能不让美军发现，黄荣海下达命令："全体指战员一律换上便装，除每人携带 4 个手榴弹，一个班 1 支步枪，一个连 2 挺机枪外，其余武器全部留给地方武装。我们对外的番号是渤海区海防巡逻大队！"

话音刚落，一个人高马大的战士拿着他的机关枪说道："这是我用命从鬼子手里夺过来的，我不能丢掉它，我还要用它杀敌人呢！"

见此情景，黄荣海走到这个战士的面前劝道："枪留在地方政府，他们也照样可以用这把枪冲锋陷阵，杀敌人……"战士听后很不舍地用衣服擦了擦上面的灰尘，小心翼翼地把机关枪放在地上。

船，在碧蓝的大海里航行起来。黄荣海带领团直属队和七连 200 多人挤在一个小火轮上，其他 3 个连分别乘坐小木船，扬着白帆，向汇合地点涧河庄前进。

这时，坐在小火轮上的黄荣海看着海面泛起的波浪，心里久久不能平静。他从上衣兜里掏出一本破旧的绿皮本子，一笔一划地写下了行军日记："1945年10月5日，由山东渤海区冯家堡乘船北上。"

"呕……呕……呕……"由于第一次航海作战，加之小火轮散发出一股难闻的柴油味，黄荣海和战士们头晕恶心，一个个哇哇地吐开了。

"兵舰，敌人的兵舰追来了！"黄荣海听到后，顾不上晕船，跌跌撞撞地摸到船尾查看情况，发现海面上浮现一片红绿灯光，隐约看见三只兵舰朝这边驶来。

"大家做好战斗准备，把船朝东北方向深海开去。"黄荣海命令道。等了约一餐饭的时间，发现是虚惊一场，原来美国兵舰是向西北方向的大沽驶去。

第二天拂晓，小火轮提前抵达约定地点涧河庄。黄荣海上岸后，立即向军区发电报汇报海上情况，很快就收到了回电。国民党军部分主力已开始由空中、海上，向大沽、塘沽和秦皇岛集结。得知消息的黄荣海焦急不已，大家无奈，只得停下，等小木船全部到达后再继续出发。

10月9日一早，一阵急促的声音嚷道："黄团、黄团，50只木船队已到达！"

黄荣海立马跑到岸边，拍着三营营长的肩膀说道："终于把你们盼来了，我这几天是心神不宁，茶饭不思啊！"三营营长回答说："黄团，真不好意思，船只刚出发不久，风就完全停了，我们的船只能靠近祁口一带抛锚，重新起帆后，又遭遇了美国兵舰，所以耽误了这么久……"说着，他俩就进屋内开始商量。

经过几天的休整，战士们精神旺盛了很多，船只在初升太阳的映照下快速地行驶着。

"不好，有敌机！"有战士大叫一声。大家朝天空望去，只见有十几架飞机在上空盘旋，像走马灯似的。"大家注意隐蔽！"黄荣海话音刚落，

"呜"的一声尖叫，一架飞机向小火轮猛冲下来。还没等大家明白是怎么回事，"哗"的一声飞机掉落海里，离船头只有几十米远，不一会儿就沉了。从惊吓中缓过神来的战士们高兴地喊着："活该，活该，敢来我们中国的领土横行霸道，这就是下场！"

黄荣海带领战士们按时到达冀东乐亭后，立即将探路情况电告军区首长。军区根据情况，决定第七师主力绕道旱路出关。直到 10 月 28 日，部队 900 多人胜利到达东北。

编后感悟：

　　黄荣海带着部队跨海北上，经历了一系列挑战和考验，他们不畏艰险，沉着应战，出色地完成了上级交给的任务。这个故事不仅表现了他们的坚毅和大无畏精神，而且展示了他们敢于担当、奋勇向前的军人风采。这种崇高品德和优良作风永远值得我们崇敬和学习。

（周燕）

我是万安人

导语：开国少将萧前（1916—2001），原名萧锡尧，枧头镇横路村人。与毛主席的一次对话，更让萧前时刻牢记自己是万安人，为家乡万安争得不朽荣光。

1931 年一天晚上，月光皎洁，街道上张灯结彩，锣鼓喧天，好不热闹。

这时，一位身材矮小、手提马灯的少年兴高采烈地跟在红军队伍的后面，领队的领导发现后劝说道："小子，你赶紧回家吧，当红军是要吃很多苦，我们还要行军打仗，随时都会牺牲的。"少年听后拉大嗓门说道："我能吃苦，能行军，不信我们走着瞧！"领导听后只是微微一笑。

也不知走了多久，少年的草鞋也磨得破烂不堪，他干脆就将鞋子扔掉，光着脚丫继续跟在队伍的后面。首长很满意地说："小伙子，不错，你就留下来吧。"

少年高兴地喊道："我要当红军啰！我要当红军啰！"他就是萧前，那时的他只有 15 岁。

1931 年 4 月，参加红军不久的萧前，就赶上中央苏区的第二次反"围剿"，被编在红三军团第六师当通讯员。他虽然人小，但是非常的机灵，每次都能顺利完成上级交办的送信任务。师政委彭雪枫十分地欣赏他，称赞他是一个"小机灵"。

由于表现突出，第二次反"围剿"胜利结束后，萧前被送到红军步兵学校学习，后来还担任过江西瑞金步兵学校政治指导员。之后，他相继担任

萧前旧居

第五师十四团和第四师十二团连指导员、红军总政治部巡视员、红一方面军前总直属队总支书记。这样，他和中央领导见面的机会多了，受教育的机会也随之增多。

有一天，在萧前的耳边突然响起一股浓重的湘南口音："小鬼，你是啥子地方人？"

他转眼定睛一看，是毛主席，激动地说："主席，主席，我是万安人！"

毛主席听到"万安"这两字特别的高兴，笑着说："万安好呀！万安好呀！万安的党组织坚强，群众革命基础好，你们1927年的那场万安起义，影响还是蛮大嘞！"

"毛主席，你怎么知道？"萧前好奇地问道。

毛主席幽默地答道："1928年你们万安起义取得胜利，我还出了不少力嘞，当时为了支援你们，我是进兵遂川县城，与你们里应外合。"

"谢谢主席！"萧前感激地说道。

毛主席又兴致勃勃地说道："我还知道你们万安有一个地方叫造口，

宋朝爱国词人辛弃疾在过造口时写下'青山遮不住，毕竟东流去'这首词，你听过吗？"

萧前不好意思地耷拉着脑袋，摇摇头，小声说道："主席，因为小时候家里穷，读不起书，没有听过！"

接着，毛主席向萧前娓娓道来，辛弃疾一生以收复中原为志，屡建奇功，却命运多舛，备受排挤，壮志难酬。但辛弃疾恢复中原的爱国信念始终没有动摇，他把满腔激情和对国家兴亡、民族命运的关切、忧虑，全部寄寓于词作之中……萧前听得津津有味，十分入神。

最后，毛主席语重心长地说："我们共产党人就是要打倒国民党反动派，让老百姓过上好日子，所以我们要吃更多的苦哟！"萧前听了毛主席的一席话，由衷地感到钦佩。也是这次谈话，萧前时刻谨记毛主席的教诲，为他后来的革命生涯奠定了坚实的思想基础。

新中国成立后，萧前经常对身边的人说："我做政治工作的基本经验就是联系群众、调查研究，这是毛主席亲自教给我的。"

编后感悟：

萧前与毛主席的一席对话，既反映出毛主席对万安这块红色沃土的熟悉，更折射出领袖对普通士兵的关爱。也许正是这样一次谈话，更加坚定了萧前走上革命道路的信心，让他慢慢成长为中国共产党的优秀党员、久经考验的共产主义战士。萧前充满传奇色彩的戎马生涯让我们回忆起了那段峥嵘岁月，激起了我们对先辈们更深的尊敬和缅怀。如今，硝烟散尽，新时代的我们要传承红色基因，赓续红色血脉，为实现中华民族伟大复兴的中国梦而努力奋斗！

（周燕）

第四辑　忠诚篇

红色罗塘

导语：罗塘是康克清大姐和江西革命先驱之一曾天宇的故乡，也是万安起义的策源地、八十农民上井冈的出发地。在这片被革命烈士鲜血浸染的土地，有 245 名革命志士为了中华民族的独立解放和新中国的诞生，献出了宝贵的生命。

"同志们，通讯员刚刚从南昌带回了党的八七会议精神。"一个 30 来岁的青年再也抑制不住内心的激动，从座位上站了起来，环视一遍与会人员，左手扶正有点下拉的眼镜框，右手拿起桌上的几份文件，一边晃，一边又继续说道："同时带回来的还有这些省委最新的指示精神……省委指示我们，要用武装暴动打倒国民党的反动统治，建立劳苦大众的苏维埃政权……"

这是 1927 年 9 月下旬的一天夜晚，中共万安县委在罗塘至善小学召开全县党的第二次代表会议，有 70 多名党员参加会议。讲话的年轻人正是这次会议的主持人、省委特派员曾天宇。

曾天宇是万安罗塘村背村人，他出身于书香门第，还在求学的时候就曾立下誓言："我平生之志，乃振兴国厦，解民倒悬！"他是这样说的，更是这样做的。

村背村祠堂

　　曾天宇如饥似渴地阅读马列著作，由一个爱国青年变成了一个具有马克思主义思想的知识分子，他于1922年加入了中国社会主义青年团，而后加入中国共产党。

　　1922年1月,曾天宇利用寒假的机会,邀请张世熙等10多名万安青年,组建了万安青年学会，创办《万安青年》杂志，向万安广大民众宣传新文化和马克思主义。1924年6月，曾天宇受党组织委派，从北京回到江西开展革命工作，在南昌开办了专售革命书刊的明星书社和培训革命人才的黎明中学。1925年5月，曾天宇、张世熙、文章等同志筹集800多银圆，在万安县开设聚华书店作为革命据点，掩护革命活动。在曾天宇等人的领导下，万安的农民运动蓬勃兴起。罗塘区农会也开展了轰轰烈烈的农民运动，他们派人给北伐军带路和做后勤工作，同地主豪绅、贪官污吏开展了减租、减息、退押、废债、烧毁契约等坚决斗争。罗塘农会的康桂秀（后改名康克清）等女同志，不仅带头剪发、放脚，而且东奔西跑，到老港、晓瑞、嵩阳一带培养和训练妇女骨干，宣传禁烟、禁赌，动员妇女剪发、放脚。1927年2月，曾天宇从全县各地区的农民协会会员中，推选出年轻力壮、思想进步、立场坚定、斗争坚决的40多个优秀青年，在罗塘成立了万安第一支人民武装力量——农民自卫军。这支革命武装，后来成为万安起义和万安苏维埃政府建立的重要骨干力量。

1927年，蒋介石叛变革命，开始全面"清党"，万安农会遭到严重破坏，党的工作不得已由公开转入地下。6月初，曾天宇接受党的指示，以省委特派员的身份秘密回到万安，开始新的战斗。可是，南昌起义后，县委与省委的联系一度中断，万安的革命活动急需省委的指示。现在终于联系上省委，得到了省委关于秋收起义计划的指示，这怎么能不让大家激动万分呢。

万安起义胜利后，敌人南北夹击，当地豪绅地主也乘势而出，对万安的红色区域疯狂"围剿"，罗塘及其周边区域首当其冲，河西（赣江以西）的很多同志不幸被捕，敌人把他们关押在罗塘圩镇大禾场，革命形势急转直下。曾天宇领导万安的一支农军，转战于罗塘、丁脑、潞田一带，与敌人机智周旋，准备带着革命队伍向遂川、井冈山方向秘密转移。但是，农军队伍被敌人发现并一直尾随追击，双方在潞田官山石展开激战，农军队伍为此付出了沉重的代价，有的牺牲了，有的被冲散，而刘冰清、萧程九等同志不幸被捕。

1928年2月28日，天空阴沉沉的，大风夹着冰冷的细雨在空中胡乱地飞舞。驻扎在罗塘圩镇的国民党军，把刘冰清、萧程九等80多名革命同志从罗塘湾的大禾场押到了村背村石灰桥边的草坪上。这些革命同志虽然个个被五花大绑，满身伤痕，但每个人都昂首挺胸，神情坚定。

"打倒反动派！""共产党万岁！""苏维埃万岁！"残暴的敌人向革

命群众举起了罪恶的屠刀，随着慷慨激昂的口号，一排排革命志士倒在血泊之中，鲜血染红了石灰桥，染红了草地，染红了村背溪。

不幸还在继续。1928年3月5日，这是一个令人无比痛心的日子，这是一个值得后人永远铭记的日子，因为这一天，罗塘的好儿女曾天宇英勇地牺牲了。

当天夜晚，曾天宇的住房被敌人团团围住。曾天宇不想牵连乡亲，愤怒地掀开瓦片，屹立在屋顶上，怒斥敌人。"乡亲们，国民党倒行逆施，罪恶累累，他们的反动统治不得人心，必定被人民推翻，最后的胜利一定属于共产党和劳动人民……"他面对乡亲们作了最后一次演讲，在场的乡亲无不泪流满面，心如刀绞。敌人仍不死心，劝他投降，曾天宇高声回答道："我愿以身殉党，决不为鼠辈所辱！"话音刚落，他连开数枪击毙几个敌军，紧接着高声呼喊"苏维埃政权万岁！""中国共产党万岁！"然后，从容地把最后一颗子弹送给了自己……

几个月后，万安的各级党组织逐渐得到恢复，万安县委决定再次举行起义，并致信井冈山的红军，请求支援。不久，陈毅率领红四军二十八团三营游击到了万安，在罗塘湾驻扎。

那时，康桂秀是乡农协会干部，她叫上张良、朱挺兰等女伴，一起

罗塘红色文化长廊

为红军队伍准备粮食，到祠堂里为红军烧水、煮饭，为红军站岗放哨、侦察敌情。

9月14日，正是再次起义的日子，因为计划泄密，起义没有成功。陈毅只好率领红军返回罗塘湾，连夜召开紧急会议，动员万安已经暴露的革命同志一起上井冈山。

"我一定要上井冈山，跟着红军闹革命！"康桂秀听了陈毅的动员讲话，内心激动无比，暗暗下了决心，她唯一放心不下的就是养父罗奇圭。养父对康桂秀十分疼爱，虽有万般不舍，但他是个共产党员，是罗塘的革命积极分子，他含着眼泪同意了康桂秀的请求。张良、罗桓秀等其他几位女同志也要求和红军一起上井冈山。跟着红军队伍上山的万安农军达到一百多人，途中经过多次战斗，第三天到达井冈山时只有刘光万、康桂秀等八十多人。这就是著名的"八十农民上井冈"。

罗塘人民始终忠于革命，坚强不屈。一个人倒下，更多的人站起来，揩干净身上的血迹，掩埋好同伴的尸首，又继续投入战斗。1929年3月，被救出狱的共产党员刘其英在罗塘土垅牵头成立了党支部。1930年5月，万安农军配合红军再次攻克了万安县城，罗塘再次建立苏维埃政权。1930年10月，罗塘地区农民举行武装起义，赶走了盘踞在罗塘的靖卫团……

编后感悟：

　　红色罗塘，是一部革命志士用信仰和坚贞写就的不朽历史。在这儿，每一寸土地都留下了烈士的热血，每一座山头都留下了战斗的传奇。传承红色基因，赓续红色血脉，幸福地生活在今天的每个人，都应当为实现中华民族伟大复兴努力奋斗，奋勇向前。

（罗宏金）

英雄兰田

导语：万安县枧头镇的兰田（又称蓝田）是一个出英雄的地方，萧汝昌、萧子龙、萧玉成等人在这儿发动了兰田起义，打响了万安农民武装起义的第一枪。据统计，1926 年底兰田萧氏 155 户 526 人，到 1936 年只剩下 77 户 252 人，减少 78 户 274 人。从中既可看到敌人的凶残，又可看到兰田人民前赴后继参加革命的英勇无畏。兰田共有烈士 69 人，并有"十户九烈"之誉。

1927 年前后，兰田不仅是万安县茅坪地区的革命中心，也是万安工农武装革命最活跃的地区之一。这里的共产党员萧汝昌、萧子龙、萧玉成既领导过兰田起义，又率领农军积极参加万安起义，其中涌现出许多革命英雄。

1930 年 5 月 26 日，在中共万安县委的领导下，由萧子龙、萧玉成、黄旭可领导茅坪区人民举行总起义。当天晚上，茅坪区兰田乡（当时县下辖区、区下辖乡）起义、横路乡起义同时举行，农军举着大刀和长矛，争先恐后地冲向敌群。中国工农红军兰田左路军一○八四团在团长杨德明、政委萧玉成指挥下，加入起义大军，一起杀向国民党反动派。滚滚铁流，势不可挡，敌人很快土崩瓦解，一批反动土豪劣绅被镇压。

萧氏宗祠

一〇八四团由萧子龙倡导成立，在兰田游击队、茅坪左路游击队等工农武装基础上组建而成，团部就设在萧玉成家里。成立时，兰田群众踊跃报名参军，共产党员萧乃演、萧良洪带头应征，萧俊桂、萧俊材兄弟二人争相入伍，青年妇女李凤秀告别丈夫参加红军。

而年仅14岁的萧前，一连几天跟着萧玉成，也要求参军。萧玉成看着个头还小的他，笑着说："跟妈妈说过没有啊，你还小，过几年再说吧。"萧前说："我不小了，父母也同意了。"就这样，兰田少年萧前走上了革命之路。谁会想到，20多年后，他竟然成长为中国人民解放军南京军区空军政委，开国少将。

7月中旬，一〇八四团被编入红三军，成为战斗主力团，萧玉成仍然担任团政委。部队开拔时，8岁的小侄子萧良禄抱着萧玉成的腿，一个劲地大哭。萧玉成弯下腰，轻轻地抱起他，安慰说："我们这一辈拼死拼活地闹革命，到你这一辈长大了就过好日子了。"后来，萧玉成在泰和县作战时牺牲，年仅 32 岁。

1930 年 4 月至 1931 年 2 月期间，兰田拥有共产党员 56 名。新中国成立后，在彭平烈士故居的土墙砖缝中，发现了一份用毛笔书写的党员花名册。每一名党员的姓名、年龄、性别、成分、文化水平、入党介绍人、入党时间等信息，一一记录在册，十分翔实。从入党时间看，大部分都是在 1927 年 5 月以后入党的。显然，兰田的革命群众是在四一二反革命政变爆发之后，冒着被国民党反动派杀头的危险，毅然决然地加入了共产党组织。入党后，他们成为革命大浪潮的中坚力量，以身作则，冲锋在前，用生命书写了入党誓词。

松林洲是兰田村前的一个沙洲。洲边流水潺潺，洲上樟木参天，竹林摇曳，是一个美丽的地方。然而，当年的国民党反动派却把这里当作刑场，杀害了萧传渭、萧传菊、萧冠球等一大批兰田英雄。连中共泰和县委书记康纯，也牺牲于此，血溅沙洲。在兰田，满门忠烈的家庭很多，萧传洪和萧家桢是父子烈士；陈三俚和萧子龙、萧湖传是母子烈士；萧冠球和彭平，萧良招和匡禄英，萧良盛和王年香是夫妻烈士；萧传忠和萧传志，萧俊桂和萧俊材是兄弟烈士……

兰田松林洲

1931 年 4 月，游必安率领万泰独立团进驻兰田。8 月，改编为万泰独立第八团，隶属于独立第五师。9月，跟随师长萧克一起驻扎于茅坪，独立第五师师部就设在兰田。为扩大革命武装力量，提高地方干部的军事素养和指挥能力，萧克主持了两期军事干部、两期政治干部训练班，训练班的办公地点就选在兰田村民萧良远的家里。培训的课程主要有政治、军纪、战略、战术等，连办了两个月，培训干部200多人。参加培训的芦源游击队队长赖太烨说："萧师长给我们分析当前的政治形势，开阔了我们的眼界，让我们增长了不少新知识。"塘上游击队队长张佐发说："以前，我们游击队根本不懂怎么游击，这一回学到了好多游击战术，像什么敌驻我扰、敌疲我打等等，我们游击队终于名副其实了。"

经过兰田整训，到1932年初，红军独立第五师从1000多人猛增到2000多人。

临离开兰田时，师长萧克深情地说："兰田这个地方，山清水秀，老百姓勤劳勇敢，我是不会忘记的。"

编后感悟：

人生自古谁无死，留取丹心照汗青。红色，是兰田最鲜明的底色；英雄，是兰田最显著的标签。从兰田的红色历史中，我们看到了共产党人坚定信念、勇于担当、英勇无畏的革命精神，也看到了兰田人民忠诚追随共产党、无私奉献的英雄气概。我们今天回顾历史，就是要向先烈学习，在各自的工作岗位上，坚定执着，无私无畏，为建设家乡、建设祖国作出自己更大的贡献。

（郭志锋）

两任县委书记严安华

导语：严安华（1901—1934），万安县枧头镇人。1922年中学毕业后回到万安县立高小任教，与张世熙等人组织万安青年学会，创办《万安青年》杂志，先后两次担任中共万安县委书记。他参与了万安早期革命斗争的全过程。1934年，在长征途中壮烈牺牲。

革命斗争往往意味着流血牺牲。据记载，在新民主主义革命斗争期间，中共万安支部经历了从1926年7月成立，至1941年2月中共万安县委遭到破坏，再到1949年重新组建县委。在短短不到15年的时间内，一共有20任万安县委书记，但是，他们绝大多数在新中国成立前牺牲了。在这些人中，只有两人担任县委书记时长在一年左右，其他的都是几个月，甚至一两个月。频繁地更换，只说明了一个问题，那就是斗争激烈，革命者们前赴后继、不怕牺牲，始终战斗在最危险的第一线。

其中，严安华先后两次担任县委书记，分别是1929年4月至1929年9月，1930年12月至1931年2月，同时还兼任万（安）泰（和）河东委员会书记。但是，他留存下来的生平资料却极为稀少。作为两任县委书记，严安华的一生波澜起伏。可以说，严安华是万安革命斗争中重要的一位领导人，他参与了万安早期革命斗争的全过程，从组织万安进步社团、参加第一次全县党代表大会到参加万安起义、组织扩红运动，等等。可惜的是，这位历史的见证者、参与者却英年早逝。

严安华出生于龙下村，距离现在的枧头圩镇约10公里。这里处于天湖山西麓，山高林密，土地肥沃，林木资源丰富。严安华祖父辈秉承耕读传家的思想，省吃俭用，略有余钱送他去读书，所以严安华从小接受了良好的教育。他先后就读于私塾、县立高小和心远中学（今南昌二中）。1922年中学毕业后，他回到万安县立高小教书，和张世熙成了同事。

同村庄有一个叫严子飚的大地主，和严安华是堂兄弟，可是，严安华在意的不是个人享受，他走上了与堂兄截然不同的人生道路。在张世熙以及万安革命先驱曾天宇的影响下，严安华积极接受新思想，参与组织万安青年学会。学会的主要活动是举办暑期平民学校，组织娱乐部，

龙下村

扮演新剧，进行通俗讲演，开展社会调查，出版《万安青年》杂志等宣传新文化工作。这些活动，不仅在万安广大青年中起了思想启蒙的作用，而且在全省进步青年中影响很好。江西传播马列主义的先驱、江西党团组织的主要创始人袁玉冰说这是"活泼泼的有青年精神的团体，不但江西，就是全中国也是凤毛麟角的"。严安华才华横溢，是《万安青年》杂志的主编和主要撰稿人，写了不少介绍俄国十月社会主义革命、世界工人运动，揭露封建制度丑恶面貌的文章，还介绍了许多进步书籍和马克思列宁主义的著作，为宣传新文化运动和马克思主义，引导万安青年走上革命道路起到了重要作用。1926年，他由张世熙介绍加入了中国共产党。

作为一名共产党员，严安华一开始以教书为掩护，秘密从事党的工作。在万安起义先后四次、长达50多天的攻城中，他根据县委的安排，在县城紧密关注敌人的动向，并及时告知县委。起义胜利后，敌人疯狂反扑，参加万安起义的数百名骨干分子和革命群众惨遭杀害，县委名存实亡。虽然革命斗争陷入低谷，但是，革命者却视死如归。1928年3月，在他们的努力下，先后恢复了窑头、县城、横路等七个区委会。1928年6月20日，建立了万安临时县委，朱渭生为县委书记，严安华、陈蕃等人为县委委员（严安华为宣传部部长）。

面对革命斗争形势不利的情况，严安华义不容辞，自觉地站在了万安革命斗争的前台。这样的前台，没有鲜花掌声，有的只是无尽的艰难险阻。在县委决定再次举行起义时，因工作失误，被敌人察觉，朱渭生被杀害。后来，在上级党组织的帮助下，万安党组织逐渐得到恢复和发展，1929年4月初，在县城召开了全县党的会议，会上成立新的中共万安县委，严安华担任县委书记。半年后，1929年10月，中共赣西特委指派刘黎、陈岳生、刘太祥三人回到万安开展革命工作，在横路召开党的会议，成立中共万安县工作委员会（县委改组后的机构名称），选举陈岳生为书记。

1930年5月17日，赣西南特委书记刘士奇主持召开了中共万安县第三次代表大会，再次成立中共万安县委，刘黎担任县委书记。1930年10月，胡家驹接任县委书记。1930年12月，严安华接任县委书记。其间，国民党反动派发动第一次"围剿"，万安河西苏区大部分被敌人占领，严安华带领大家开展游击战争，并于1931年1月率领全县赤卫军攻打各地的靖卫团，取得多次胜利。1932年，他被诬陷为"AB"团分子，关押一年之久，后被释放。两个月后，严安华参加中国工农红军。

任职期间，严安华曾经在家办公。龙下村地形隐蔽，便于革命活动。当时，村庄前面的小溪边有很多店铺，形成了一个来往人流比较多的小集市。严安华等人一边办公，一边宣传革命思想，广泛发动群众，号召大家打破封建思想，开展土地革命。村庄的墙壁上到处写满了红军标语，村民们踊跃参军参战，几乎家家户户都有烈士。

严安华有着执着的革命斗志，他的胞兄严安邦因参加革命于1927年在兰田被敌人残忍杀害，9岁的侄子严威无人抚养，他便一直带在身边。1931年1月，严安华担任中共万泰河东委员会书记时，他也带着侄子到位于泰和县古坪（有的地方写为固陂）的办公地生活。他非常疼爱严威，不仅仅因为这是他的侄子，而且他还把严威看成是革命者的后代。虽然生活动荡不安，但他常常对严威说："不要害怕，只要走下去，胜利迟早是属于我们的。"新中国成立后，严威成了一名人民教师。

1934年10月，严安华随中央主力红军长征，不幸在长征路上壮烈牺牲。他的妻子，1931年前后被敌人抓获，要她指认当地的革命者，但她

牢记严安华所说的"绝不能向反动派低头"，结果被敌人折磨而死，两人没有留下子嗣。20世纪80年代，严威在村口的山上给严安华立了碑。每年春天，山上怒放着一簇簇鲜艳的映山红。

编后感悟：

  严安华是万安革命斗争中一位重要的领导人，他参与了万安早期革命斗争的全过程，尤其是万安起义的主要领导人曾天宇、张世熙相继牺牲之后，在白色恐怖的险恶岁月里，他两度出任中共万安县委书记，义无反顾地站在了革命的最前沿，体现了共产党人临危不惧、敢于担当、不怕牺牲的胆气和意志。严安华直面困难、勇往直前、坚韧不拔、信念坚定的崇高精神，值得我们永远学习和传承。

（邱裕华）

廖琛为起义而歌

导语：廖琛(1898—1931)，字应离、印深，号献廷，又名廖家炳，万安县涧田乡良口人。"我们大家来暴动，消灭恶地主，农民大革命，杀土豪，斩劣绅，一个不留情。建设苏维埃，工农来专政，实行共产党，人类共大同，无产阶级劳苦大众最后的成功。"这首当年在万安、赣县广为流传的红色歌谣，就是出自革命烈士廖琛之手。

廖琛出身富裕，是良口区的"首富"。然而，这个饭来张口、衣来伸手的富家子弟，早在省立第六中学读书时，受进步书刊和革命思潮的影响，倾向革命，就有改造社会的愿望。

朱曦东创办良口高小时，廖琛慷慨解囊，出资办学。为了工作的需要，由朱曦东担任校长，廖琛为普通教员。从此，良口高小成为朱曦东、廖琛开展革命活动的重要据点。

不久，在中共党员朱曦东的直接培养下，廖琛被吸收入党。1926年冬，中共良口小组成立，下设几个基层党支部，朱曦东任小组长，廖琛任良口党支部书记。廖琛组织党员在穷苦农民中开展"追穷根吐苦水"的活动，发动工农群众参加革命，组织农民对当地天主堂作斗争。

1927年2月24日夜晚，中共良口区委书记朱曦东在良口小学召开党员会议，决定在"三八"国际妇女节发动全区人民开展一次声势浩大的反帝反封建宣传。3月8日，廖琛积极组织群众参加集会和游行，特别是发生了天主教堂指使凶手刺伤小学生的事件后，廖琛一面加强宣传，一面组织力量捉拿元凶。

不久，廖琛被良口党组织选派赴武昌中央农民运动讲习所学习。其间，发生在廖琛身上的"镪水事件"更加坚定了他的革命信念。

那是一个夜晚，接近零点了，廖琛整理完当天的学习内容，合上了笔记本，觉得十分疲劳，关了灯，不一会就熟睡过去。

"哎哟——"一阵剧烈灼烧的疼痛把廖琛从睡梦中惊醒，同时被惊醒的还有同寝的室友，大家一时不知道发生了什么。

不过，大家很快从浓烈刺鼻的气味里判断出是镪水。室友用最快的速度扒下了廖琛身上已经沾了镪水的衣物，打来清水，擦拭廖琛的身体，换上了干净的衣裤。但廖琛胸前腹部一大块皮肤被灼伤得通红，疼痛不已，好在处理及时，没有造成更大的伤害。

案犯是谁？他为何如此仇恨廖琛？

原来，讲习所先开课，后来才举行开学典礼。廖琛自告奋勇，担任开学典礼筹委会布置股负责人，协助校方圆满地完成了任务。他学习认真，工作出色，斗争坚决，因此在讲习所里崭露头角，引起了混入农民运动讲习所的反动分子的忌恨，反动分子一直寻找机会报复廖琛。

"镪水事件"发生后，校方十分重视，一方面严惩了凶手，一方面大张旗鼓地表彰了廖琛。廖琛没有被反动分子的嚣张气焰所吓倒，反而激发了更高的斗争热情。6月中旬，廖琛结束了讲习所的学习，带着党的使命，回到了家乡良口。

1928年初，万安起义过后，党组织遭到严重破坏，大批党员和革命群众被杀。为了保存革命力量，良口党组织转入地下，良口区委迁到了仙峨山寺（今属于赣县）。4月，在仙峨山召开了党的活动积极分子会议。会上，对恢复党的基层组织、壮大党员队伍等问题作了具体部署，廖琛参加了会议，并被任命为良口区委书记。

此后，廖琛为良口地区党组织的迅速恢复和发展做了大量的工作。在廖琛的努力下，到1929年春，涧田的良口、里仁、龙雅、龙头、陂头等地均秘密成立了农民协会，并相继建立9个党支部，发展党员160多人。与此同时，廖琛还以教书为名，到处张贴标语、布告，散发传单。就是在那段时间，他编写出广为流传的《暴动歌》，号召大家都来参加万安起义："我们大家来暴动，消灭恶地主，农民大革命，杀土豪，斩劣绅，一个不留情。建设苏维埃，工农来专政，实行共产党，人类共大同，无产阶级劳苦大众最后的成功。"

由于《暴动歌》表达了农民的心声，通俗易懂，朗朗上口，在万安苏区、万赣边区几乎家喻户晓，影响广泛，极大地鼓舞了农民的斗争意志。

然而，反动派对革命力量进行疯狂地镇压，1931年，廖琛被地主武装杀害，牺牲时年仅33岁。

编后感悟：

廖琛本来出身富裕，家庭富甲一方，但他却信仰共产主义，投身革命斗争，有着改造旧社会，为大多数人谋幸福的崇高理想，《暴动歌》就是这一思想的生动反映。这个故事告诉我们，为了实现伟大理想，应该始终坚定信念，哪怕献出自己宝贵的生命，也在所不惜。作为生活在当代的幸福少年，为了人民、为了祖国，也需要拥有无私奉献的精神，牺牲小我，成就大我。

（罗宏金、何燕春）

红军团长魏子庚

导语：魏子庚，原名魏鸿吉，1908 年生，宝山乡黄塘地区主要革命领导人。1927 年加入中国共产党。1928 年任良口区黄塘党支部书记。1933 年杨殷县设立后，曾任红军独立营政治委员、红军独立第十三团团长兼政治委员，为革命赤胆忠心、出生入死，1935 年 1 月光荣牺牲。

魏子庚在武术读高小时，好学上进、尊敬老师，是个优秀学生。1925 年，朱曦东等从南昌回到良口，涧田有了共产党组织，他们的活动吸引着魏子庚。他积极投入农民运动中，并在黄塘组建农民自卫军。

1927 年，国民党右派势力勾结反动军队，进行"清党"活动，黄塘恶霸杨静山的保卫团更是嚣张。面对反动派的猖狂，魏子庚决定去弄枪，跟他们斗一斗！

几天后，魏子庚得到消息：石龙富豪在赣州买了 36 支枪和子弹，正在大岭请民团团长邱延龄帮助验货。当晚，魏子庚派人一边去村口放鞭炮制造混乱引开敌人，一边迅速行动夺枪。待邱延龄回到团部时，有人报告在钟家店楼上的枪没了。

此后，魏子庚及时将枪转到锅坑、梁家，把枪交给了中共武术区领导。

共产党有了枪，充实了农民自卫队，魏子庚当了队长，不久，他加入了共产党。

石龙富豪打听到是魏子庚偷的枪，就去找邱延龄民团，想夺回枪支。却在锅坑遭到魏子庚队伍的痛击——万安起义爆发时，良口区委组织近三千农军参加第四次攻打县城，其中包括魏子庚的队伍。起义胜利后，县委派出队伍攻打黄塘保卫团，魏子庚的农军更是打先锋。战后，黄塘组建了游击大队，魏子庚担任队长。

1928年，魏子庚担任良口区黄塘党支部书记。

1933年7月，中央苏区设立杨殷县，县址在兴国、万安相交的均村。杨殷县建立了红军独立营，魏子庚担任营政治委员。

由于"左"倾路线的错误，第五次反"围剿"连连失利，杨殷县也处在危急之中。1933年冬，黄塘靖卫团联合万安县保安团300多人，向红军独立营和杨殷县苏维埃政府进攻，魏子庚组织抵抗。反动派仗着人多枪好攻进了坪锡，魏子庚指挥部队坚守阵地，另派小分队袭击敌人背后，敌人伤亡很大。但是敌人有备而来，不远处还有国民党军队，独立营没有恋战，只得撤出战斗。

赣南省成立后，杨殷县归其领导，1934年9月，赣南军区决定杨殷独立营与赣县独立营、良口关税处机枪大队等武装合并组建红军独立第十三团，全团共600多人，魏子庚担任团长兼政治委员。面对越来越严峻的形势，红十三团分两队行动。魏子庚率领一队转战在黄塘、涧田、江口一带，为保卫苏区而战，每一战都要面对装备精良的国民党军队和地头蛇靖卫团，他们只能打一仗换一个地方，用游击战对付包围战。

1935年初，国民党军队加强了搜山，魏子庚的红军分队被冲散，最后仅剩五六个人了。一天，他们从兴国县的茶元乡天子地转移去泰和县的水槎乡九龙坑口时，被敌军包围。由于不肯投降，敌人将他们全部杀害于小龙梅花村。

魏子庚牺牲时只有 26 岁。

编后感悟：

革命先烈明白，要为国家和人民的命运前途担当责任，就要下定决心努力去奋斗，闹革命就要吃苦，为人民翻身得解放就要坚持斗争，不能向邪恶势力妥协。哪怕知道自己看不到幸福到来的那一天，他们也愿意付出自己的一切。这就是共产党人、革命先烈们的思想境界。魏子庚就是这样的人，他永远值得我们缅怀与崇敬。

（耿艳鹏、谢慧萍）

七个姑娘上井冈

　　导语：1928 年，八十农民上井冈，其中就有七个姑娘。在革命理想的感召下，她们不畏危险，坚定地跟着红军上了井冈山。她们分别是康桂秀（康克清）、张庚秀（张良）、罗尚德（罗桓秀）、郭来英（郭头秀）、朱挺兰、赖发秀、刘桂秀。

　　1928 年初，万安起义取得胜利后，成立了江西省第一个县级苏维埃政府。国民党政府十分恼怒，很快派出重兵围攻万安，万安党组织一度受到严重破坏。

　　几个月后，中共万安临时县委成立，毅然决定 9 月再次举行起义。陈毅率领红四军二十八团三营来到罗塘乡，准备接应暴动。

　　那时，康桂秀（后改名为康克清）是童养媳，也是乡农协会干部，天天带领一些革命群众帮着张贴标语、站岗放哨。养父罗奇圭很担心她的安全，便依乡俗收了人家的彩礼，给她定了亲事。康桂秀知道后，坚决不依。养父火了，把她锁在屋里，不准她外出。

　　当她得到红军来了的消息，急忙偷偷地跑出来，叫上张庚秀（又名张良），一起跑到村祠堂，帮着红军烧水、煮饭。

　　因为计划泄密，起义没有如期举行。陈毅召集罗塘的党团员开会，分析革命形势，鼓励大家革命到底。由于敌强我弱，陈毅决定回师井冈山。临行前，康桂秀动员张庚秀说："上了井冈山，我们女人也能当红军。"来自太郎头（现属五丰镇）的罗尚德，从小就在下荷林村做童养媳，当时和刘桂秀一起在祠堂里帮工，听了这句话，喜出望外，也决定上山当红军。西塘村的郭来英（又名郭头秀），丈夫朱日京是万安农军战士，看到丈夫上井冈山，她也坚决要求一起去。她说："日京干的是革命，我不能落后，也得跟他一起进步。"赖发秀，韶口南乾村人。她的丈夫邹日坚是共产党员，她的态度也是这样，十分坚定地表示："上山光荣，就是死，也要与丈夫死在一起。"

而朱挺兰，却是跟着丈夫游必安从县城来到罗塘的。

赖发秀

郭来英

罗尚德

作者采访张良女儿

再次起义虽然失败，但因为埋伏在赣江对岸的陈毅部队已经鸣枪，县城内的敌军听到，以为红军来攻城，一片慌乱，急忙向赣州逃窜。趁此良机，游必安当机立断，叫上朱挺兰、地下党员许拔芳等同志迅速赶到县监狱，二话不说，用斧头三两下就将牢门劈开，救出了80多名共产党员和革命群众。朱挺兰十分兴奋，催促着："同志们，快跑，快跑，到罗塘集中。"等大家都跑出了牢房，朱挺兰向游必安提出了建议："必安，经过这次行动，你和拔芳都暴露了，我看大家都撤吧。"游必安心有不甘，有些犹豫。许拔芳也说："是啊，嫂子的话没错，我看只有这个办法了。"游必安沉吟片刻，当即决定，已暴露的地下党员全部转移到罗塘，与陈毅同志会合。

到了罗塘，朱挺兰聆听了陈毅的两次讲话，心灵受到极大震动，思想认识有了质的飞跃，革命理想和革命信念更加坚定。她主动参加康桂秀组织的活动，在祠堂里替红军煮饭，到小溪边为战士们洗衣服。

在陈毅返回井冈山之际，游必安强烈要求一起上山。党组织觉得已暴露的党团员，留下来确实非常危险，于是决定由游必安带领已经集结起来的革命群众跟随陈毅部队上井冈山。

朱挺兰得知消息，惊喜若狂。她急忙找到游必安，脱口而出："必安，我也要上山当红军。"游必安大吃一惊，连忙摇头说："这怎么行？不行。""怎么不行？"朱挺兰急了，个性极强的她猛地在身旁的樟树上击了一掌，喊道："我就要去。"游必安解释说："这不同以前，这是上山去打仗，太危险了。"

次日，朱挺兰在获得了康桂秀、张庚秀等人也要上井冈的消息后，再次找到了游必安。游必安这次没有当即回绝，只是沉默不语。朱挺兰见此情景，笑道："无论如何，我一定要跟着你。你不同意，我就直接找

陈毅主任。"游必安深知妻子的个性，无奈地笑了笑，低声说："真是拿你没办法，去吧，去吧。"

就这样，100多名万安农军战士和革命群众，跟上了红军前进的队伍。

从罗塘到井冈山，路上伏兵处处，危机四伏。部队一路行，一路不停地遭遇到敌人的阻击。敌军人多势众，子弹呼啸、炸弹横飞，万安投奔革命的同志没有被吓倒，反而帮着红军运送弹药，包扎伤员。陈毅对几位女同志说："你们不要冒死向前，快躲到我们的身后。"康桂秀毫无惧色，拍着胸脯大声回道："我们不怕，怕就不来当红军了。"陈毅很高兴，挥着手枪，指挥部队灵活应战。由于战斗激烈，有的同志英勇捐躯了（比如朱日京），还有的被打散了，最后来到井冈山的万安农军战士和革命群众只有80多人。在朱德的亲自安排下，这80多人被组编成万安赤卫队，游必安任大队长。不久，赤卫队又编入红四军，许多战士逐渐成为部队骨干。

后来，康桂秀与朱德结为伉俪，改名为康克清，经过革命的考验和洗礼，最终成长为中国妇女运动的卓越领导人。

编后感悟：

　　七个年轻的姑娘，为了一个共同的革命目标，无所畏惧地奔向井冈山，展现的是崇高的革命理想、坚定的革命信念。在新时代，虽然我们不必像战争年代那样抛头颅洒热血，但是仍然需要坚持自己的人生信仰，仍然需要舍弃小我、成就大我的无私奉献，仍然需要那种为了理想信念奋不顾身的革命激情。

（郭志锋）

黄元萧家五英雄

导语： 位于万安县枧头镇茅坪村黄元村小组的肖书武宅[①]，外表看起来简陋普通，却因宅中极其珍贵的红色标语，引起了人们的关注。由此，揭开了深藏在萧氏家族一门五英雄的感人事迹。

枧头镇茅坪村是红色名村，在战火纷飞、民不聊生的艰苦岁月，枧头人民为中国革命事业作出了巨大贡献和牺牲。十户九烈、劝夫参军、萧家五英雄等革命故事口口相传，成为一方美谈和地方荣耀。

肖书武宅，位于茅坪村黄元村小组。宅主人尘封的往事被我们打开，一段鲜为人知的感人家史随之浮出水面。宅子为肖章林和其堂弟肖章垣共同所有。肖章林的祖父萧先镐生有六个儿子，除留下最小的儿子在家务农，其余五个儿子萧明河、萧明海、萧明煜、萧明湖、萧明灯全部参加红军，不幸的是四个儿子在战场中先后牺牲。幸存的老五萧明灯，因为在战斗中负伤，被批准回家养伤而保全了性命。萧先镐一家虽不是很富裕，但他思想很开明，明白知识重要，并舍得在孩子身上投入，先后把几个儿子送到吉安、南昌读书。孩子们在外读书期间，深受五四新文化运动熏陶，接受了马列主义思想，回家乡后不仅影响了一批家乡青年，

---

① "萧" 俗作 "肖"，故部分 "萧" 姓后改为 "肖" 姓。

而且参与了曾天宇、张世熙领导的革命斗争，兄弟几个先后加入中国共产党，走上了为劳苦大众求解放、为共产主义事业奋斗的革命道路。

黄元村小组

最先走上革命道路的是家里老大萧明河，从吉安阳明中学毕业后回乡，先后在窑头启明小学和县立高小教书，其间加入了曾天宇、张世熙组织的万安青年学会。他于1926年加入中国共产党，先后任中共万安县委秘书和万泰中心县委秘书，参加了万泰地区建设苏区、保卫政权的多次战斗，1931年牺牲时年仅33岁。

作者采访肖章垣

受大哥的影响，老二萧明海十多岁就参加了乡农民协会，1926年加入中国共产党后，成为农民协会一名通讯员。在农协的锻炼下，萧明海成长得很快，1927年担任枫林乡农协主席。1930年第一次反"围剿"时期，随萧克部队辗转到泰和，转为红三军战士，历任班长、排长和连指导员等职务。1931年第三次反"围剿"，在激烈的老营盘战斗中，军长黄公略指挥红三军、独立第五师和泰和独立团向老营盘守敌发起猛烈冲锋，战斗打得非常艰难。此时，担任红三军连指导员的萧明海冲锋在前，挥舞着手枪，大喊："同志们，冲啊！"为坚守阵地，他率领全连战士顶住了敌人的多次进攻。子弹打光后，大家就同敌人拼刺刀，一直杀到老营盘河边，敌人被杀得四处乱窜。突然，一颗罪恶的子弹射中了他的胸膛。萧明海用尽全身力气大喊道："共产党万岁！红军万岁！"英勇牺牲在战场上时，他年仅 30 岁。

萧明煜是家中的老三，1926 年就读于南昌师范时结识方志敏，由方志敏介绍加入中国共产主义青年团，1930 年加入共产党，担任过江西军区一分区政治部主任，1935 年在怀玉山突围战斗中壮烈牺牲，年仅 28 岁。

老四萧明湖，跟着哥哥们参加农会，从而走上革命道路。1930 年秋，中央红军来到横路驻扎后，有些红军战士就住在他家。他接受了红军面对面的教育后，参加了红军，担任过班长、排长。1933 年在第四次反"围剿"战斗中，在福建长汀壮烈牺牲，年仅 24 岁。

老五萧明灯是萧家五英雄中唯一的幸存者。1932 年，他在三哥的引导下参加红军，当过班长，参加了中央苏区第四、第五次反"围剿"作战，在第五次反"围剿"的广昌战斗中受伤，红军长征出发前被送回黄元村养伤。伤愈后的萧明灯一心想回归红军队伍，父亲看到原先热热闹闹的一大家子人，如今只剩下明灯一个残疾，不禁老泪纵横。为了孝敬双亲，萧明灯最终留在家里，为萧家延续了血脉。

编后感悟：

萧家五英雄，四兄弟牺牲时，一个比一个年轻，在失去亲人的悲痛下，他们毫不退缩，化悲痛为力量，为了中国的革命事业，可谓是前仆后继，尤其是普通农民萧先镐的开明大爱，令人敬仰。至今仍挂在门头"光荣烈属"的两块牌子，成为萧氏家族的不朽荣光。这样的英雄故事在万安还有很多，这样感人的革命家庭只是中国众多革命家庭的一个缩影。我们不能忘却先烈的英勇事迹，必须继承革命先烈的战斗精神，传承红色基因，赓续红色血脉，共创明天的辉煌。

（肖岱芸）

附 录

陈毅和彭育英

　　1934 年 10 月，中共中央、中革军委率中国工农红军一方面军主力撤出中央苏区时，中共中央决定成立苏区中央分局、中央军区，同时成立中华苏维埃共和国临时中央政府办事处，任命项英、陈毅等为苏区中央分局、中央军区和中华苏维埃共和国临时中央政府办事处负责人，领导江南苏区和游击区的中共组织及红军游击队坚持斗争。

　　面对几十万国民党军队和反动地主武装的残酷"清剿"和封锁，中央苏区及周边地区形势严峻。至 1935 年，陈毅、项英的活动中心，不得不退到了江西与广东交界的油山地区。油山地区方圆百里，山高林密，便于与敌周旋，数万国民党军队几次三番采用了各种方法，终难消灭红军游击队。后来，国民党当局改变战术，"进剿"和招抚相结合，企图困死和瓦解共产党与红军游击队。

　　局势总是会不断变化的。在日寇侵占我国东三省 6 年后，国民党政府和蒋介石仍热衷于消灭抗日的工农红军。1936 年 12 月 12 日，张学良、杨虎城在西安率国民党东北军、西北军发动兵谏，扣押蒋介石，逼其答应抗日，是为"西安事变"。此事变在中国共产党顾全大局的努力下，获得和平解决，国内形势起了一些有利于抗战和改善共产党、工农武装生存环境的积极变化。1937 年 7 月，日寇发动了卢沟桥事变，面对日寇在华北的侵略及战事的不断扩大，中国军队奋起抵抗，全国全面抗战由此开始。中共中央为此发出抗日通电，全国人民同声支援，出现了抗日高潮，这股抗日浪潮，也波及江南地区，使得本欲剿灭和瓦解共产党、红军游击队的国民党当局，也不得不为他们的招抚行动贴上"抗日"的标签。1937年8月29日，国民党江西省政府发布的《改编本省各县残匪办法》称："本省为巩固后方治安，壮大抗日力量起见，将本省各地残匪予以收编，定名为抗日义勇军，隶属于全省保安司令。"为便于开展这项工作，国民党江西省政府在南昌成立"招抚委员会"，在赣州（江西省第四行政区驻地）及油山主要所在地的大庾县①设立了相应机构，并任命大庾县长彭育英"兼江西省第四行政区招抚委员会副主任"。

彭育英，别号少武，1893年生于江西万安县弹前乡旺坑村一大户人家。早年在家乡和县学读书，获公费赴日留学，1917年10月从日本早稻田大学毕业。在日本，他接受了民主主义思想，受到孙中山等在日活动的中国志士的影响，思想比较开明。回国后，彭育英得到在日本早稻田大学结识的国民党要人张群、熊式辉等人的帮助，开始步入政界。熊式辉当上江西省政府主席后，安排彭育英到省建设厅担任秘书，不久就当了有点权力的行政科长。1936年4月，派彭育英去大庾当县长。

彭育英到了大庾，做了一些事儿。他是读书人，老家又在乡村，因此较热心兴办教育、建桥修路、创办贫民医院等公益事业，受到大庾士绅和民众好评。他对国民党军队"围剿"大山中的红军游击队的军事行动并不热心，但大山中有红军游击队活动，就必然会引得政府军的"围剿"，战事虽不大，时有遭遇，弄得人心惶惶，地方难以搞建设。现在全国一片"停

---

① 1957年，经国务院批准"大庾县"被称为"大余县"。

止内战，一致抗日"的呼声，彭育英是不大愿再去干"清剿"红军游击队的事了。不是"招抚"让他们离开江西去抗日嘛，彭育英对兼戴的那顶"招抚委员会副主任"帽子产生了兴趣："赶快到处宣传呀，叫他们下山，谈判停战。"对这种微妙的变化，久居深山的陈毅是有感觉的：1937年上半年，国民党军和地方在蒋介石命令下还有过多次"清剿"南方红军游击队的军事行动，"一到7月，情况不同了。敌人说西北已经合作了，欢迎你们下山，谈判停战。南康、信丰、大余、南雄、定南各县统统派出人来，和我们联络。"（《三年游击战争回忆·下》，《军史资料》1985年第5期）

当时，陈毅与项英对敌人的这种变化不知底里，以为又是招降的翻版，十分警惕。由于敌人长期对油山地区实行军事"清剿"和经济封锁，红军的电台又早已被打坏，他们很长时间无法与中共中央进行联系，不了解山外的局势，更不知道红军长征已到达陕北，发生过西安事变，中共中央召开过一系列会议，对若干政策作了重大调整。不过，陈毅与项英毕竟政治斗争经验丰富，他们洞观周边的动态，还是从若干蛛丝马迹中，觉察到局势真的有了变化：7月11日，驻剿赣粤边游击区的国民党军第四十六师大部分撤离了油山，当局基本上停止了对油山的搜索；陈毅与项英他们派出人去周边各地侦察情况，寻找并企望联络党组织的人员陆续回山，也报告了各地的一些变化；潜入白区的秘密交通员还弄来了不少香港、广州、汕头、赣州等地出版的各种报纸。中断了与中共中央联系的陈毅和项英如获至宝，赶快细心阅读，他们才了解时局发生的变化，以及国共两党的动态。他们从一份香港出版的文化刊物《新学识》上，还读到了毛泽东于1937年5月在延安召开的中国共产党全国代表会议上报告的摘要，从中了解中共中央提出的抗日民族统一战线政策。陈毅与项英太兴奋了，终于听到了中共中央的声音。他们立即在油山召开各游击队负责人会议，分析形势，领会党中央关于建立抗日民族统一战线政策的精神，研究红军游击队当务之急的行动方略。既然中共中央制定了新政策，国民党当局也提出要红军游击队改编成抗日义勇军，这是我们出山抗日的极好机会，因此会议决定顺势将赣粤边红军游击队改名为"赣南人民抗日义勇军"，开始实现由军事斗争为主到以政治斗争为主的工作方式转变。他们抓住有利机遇，接过国民党当局传过来的话，主动出击了。

1937 年 8 月 8 日，中共赣粤边特委和赣南人民抗日义勇军发表了《停止内战，联合抗日》的宣言，提出了"反对内战""国共两党重新合作，打倒日本帝国主义"等口号。8 月 15 日，中共赣粤边特委又发表《告赣南民众书》，号召群众停止袭击国民党政府和军队，以团结抗日。为了扩大宣传，中共赣粤边特委派出不少人到山下各地张贴标语、散发传单，还将上述宣言和告民众书正式派人送往大庾县政府，寄给国民党江西省政府，国民党驻军第四十六师师部，信丰、南康、广东南雄等县政府。为取得社会各界的理解和支持，将上述文书和一些传单宣传品，还寄给了当地各界的一些知名人士。这一招果然效果很好，广大民众不但得知共产党和红军游击队依然活得好好的，而且了解了他们团结抗日的愿望和新政策，为之拍手叫好，地方士绅和社会贤达读了宣言、告书后，不少人说"共产党真是大仁大义"，对共产党和红军游击队表示同情，对提出的政策表示理解和赞同。社会舆论向好的方向发展。

大庾县长彭育英收到山上红军游击队派专人正式送达的宣言、告书等公文后，认真地看了好几遍，心里有了触动。他感到：现在日寇入侵，国难当头，被国民党军队"清剿"这么些年而不屈的红军游击队，若真能奔赴抗日前线，于国于民于地方都是大好事，既然人家主动提出了"停止内战，团结抗日"的主张，我们没有不同意的道理。他首先改变了对共产党和红军游击队的看法，不再跟着叫"奸党""共匪"了，改称呼为"友党""爱国志士"。国民党第四行政区（赣州）当局也收到了共产党地方组织寄来的公文宣传品，也听到了社会贤达们不同的声音，在局势和社会舆论的压力之下，赣州地方当局也认识到有考虑和重视红军游击队建议的必要。因此，他们决定先由大庾县长彭育英作代表，与共产党红军游击队接触。

彭育英那时心中也没有底。他与秘书商议，既然红军是派人送文书给我们，我们先回复一封信去，表示愿意与他们洽谈，并欢迎他们下山，这样信来信往不失礼数，同时可以摸摸对方的底。信写好后也派专人送上山去。

为了慎重起见，8月中旬，陈毅在大庾县池江主持召开赣粤边游击区干部会议，同时再派人下山侦察和了解实情。与会人员经过学习和充分讨论，在将"反蒋抗日"改为"联蒋抗日"的重大决策上基本统一了思想。陈毅在会上提出"扩大影响，招兵买马，乘机将南方的游击队联系起来，形成一支力量，南北呼应"的方针，也得到大家的赞同。各游击区干部回驻地后，立即贯彻这次会议的精神，迎接新的战斗。

国民党方面坐不住了。8月27日，彭育英请来南康、信丰和广东南雄的县长，还有驻军四十六师头头，会商下步该怎样应对。经商议达成共识，联名签署了一份《告中共同志书》快邮代电："你们是爱国志士，多年奋斗，我们无任钦佩。现在是志士抗日救国之时，欢迎下山谈判，共商北上抗日事宜。"这是数县与军方联署的文件，为慎重起见，彭育英指派自己的秘书鲁炯雯上山送这件公文。鲁炯雯费了好大周折才找到红军游击队。

派下山的人员陆续带回了好消息：国民党围山的军队的确后撤了，

山下到处张贴了黄黄绿绿表示抗日和"欢迎游击队下山"的标语；到大庾县政府专程去送《停止内战，联合抗日》宣言等告书的聋牯（陈毅的警卫员）不但没有受到刁难，而且还受到热情款待。这些消息汇集起来，大家感到山下的气氛的确起了很大变化，形势的发展对我们有利。赣粤边中共党组织决定抓住有利时机，展开工作。收到大庾县政府鲁炯雯秘书送来的公文后，中共赣粤边特委同意即刻派人下山，与国民党地方政要谈判，因为最终得通过接触、谈判才能解决问题。

8月下旬，中共赣粤边特委派人下山，正式与国民党大庾县地方政府接洽谈判事宜。大庾县长特派秘书鲁炯雯具体接待，商定双方派出代表，到梅岭山下钟鼓岩寺内会晤。

为什么选在这座寺内？因为当时双方都没底，而且互有戒备。钟鼓岩寺比较僻静，寺内主持也是万安县人，彭育英与他熟悉，县政府派人事先潜伏比较方便，而游击队对这一带地形也熟悉，万一有什么情况，往山上撤退比较快捷。

9月6日，是个平淡不起眼的日子，却有两个人在进行历史性会见：彭育英以大庾县长、江西省第四行政区招抚委员会副主任双重身份，率领秘书鲁炯雯、管印文书赖志刚、经征处主任王培恩等五人，乘坐从国民政府资源委员会钨业管理局借来的汽车，赶往谈判地点。中共赣粤边特委和红军游击队全权代表陈毅等五人也按约定时间到达了钟鼓岩寺。彭育英见到气宇昂然的陈毅大步走来，忙迎了上去，谦恭地自我介绍："敝人是大庾县长彭育英。"陈毅爽朗地握着对方的手说："我就是那个山上游击队的老陈。"彭育英望着饱经风霜、久"剿"不倒的陈毅，由衷地说："钦佩，钦佩！还是你们胜了。你们的队伍搞得我们好苦啊。"陈毅笑着道："你们是不是还要进攻？"彭育英也笑了起来："还进攻什么哟，那么多的军队都搞不了你们，现在更打不倒了。不打啦，也别再打了！"陈毅对这个比较开明的县长说："不再打内战就好了，从今以后，我们就是朋友了。""那是，那是。"彭育英表示赞同。原本还有些紧张和戒备的气氛，一下子就融洽起来了。经一个多小时的会谈，谈妥了在大庾县池江镇举行正式谈判的有关事宜。临别，彭育英对陈毅说："你们下山、进城的安全和给养问题，我负完全责任。"他交上了陈毅这个朋友。

9月8日，陈毅以赣粤边游击队全权代表身份，按约到达大庾县池江镇，与大庾县长彭育英开始谈判。为了增加友好气氛，彭育英组织商民代表和学校师生列队对陈毅一行夹道欢迎，在当时条件比较好的平民医院内腾出一排房间，安置陈毅一行住宿。彭育英对接待工作进行了仔细检查，说："他们是我们请来的客人，一定要盛情接待。"有时，他自己还亲自送去酒肉炼奶，以示慰劳。由于彭育英的悉心关照，使陈毅有机会在商谈国共合作抗日事宜的同时，得以会见一些本地、外地的军政头面人物和地方士绅名流，借以宣传共产党国共合作一致抗日的主张，扩大共产党的影响。由于住在医院，陈毅还抓紧时间治疗一些疾病。彭育英得知陈毅长了一身疥疮时，特地托付钨业管理局从广州弄来进口的特效药，让陈毅很快就治好了几年都未治愈的顽症。在彭育英的积极合作下，谈判进展顺利，双方签署了关于游击队下山的协议，主要内容是：政府将对游击区"清剿"的军队撤退至游击区20里以外；游击队下山后，地方当局要消除歧视成见；保持游击队的独立建制；释放被关押的共产党人和其他政治犯；游击队停止打土豪和反政府行动；统一抗日意志，开展抗日宣传；等等。

被久困深山的赣粤边中共组织，充分认识到这次谈判对南方各地艰难生存的红军游击队命运的重要性，必然不会放过机遇，争取更多和更大的收获。因此，在这次谈判中，当大庾油山地区游击队下山等问题已顺利解决后，陈毅等相机提出了南方各省游击队都要走出深山保持其独立性，并将他们集中联合起来以开赴抗日前线，希望国民党地方政府方面给予交通方便等问题。彭育英表示理解，因为这是与大庾油山游击队下山同样的问题，但毕竟涉及的地域范围大，提出的要求比较高，他一个大庾县长不可能答复，也做不了主。但他没有一推了之，知道事关重大，答应向上司报告请示。

9月11日，彭育英陪同陈毅一行到达赣州，谈判实际升格。陈毅继续与国民党江西省政府代表和国民党军第四十六师的代表进行谈判。由于国共两党合作和抗日的大局已定，又有大庾谈判成功的经验和彭育英从中积极协助，赣州谈判进展还顺利。当然其间也有一些曲折，主要是国民党当局在宣传舆论上有意混淆视听，歪曲真相，矮化中共。陈毅及时据理予以反击，掌握了谈判的主动权。谈判达成初步协议，国民党当局接受了红军游击队方的条件，游击队下山整编为"江西抗日义勇军"。其他涉及重大的条款，在赣州的国民党地方政府谈判代表也做不了主，同意报省政府作最后决定，但担保可以解决。

谈判取得成功。彭育英作为主要参与人之一，心里很高兴。为了扩大协议的影响，彭育英又以大庾县长、四区招抚副主任及谈判参与人身份，向周边的南雄、信丰、崇义、汝城、桂东各县发出"快邮代电"，介绍达成的协议内容，晓以大义，要求各县立即停止"剿共"，配合游击队下山整编。

彭育英深知纸上达成的协议，真执行起来会有许多变数，因此，他满腔热情地按有关协议办事，有时还得担些政治风险。例如协议规定：游击队下山集中改为"江西抗日义勇军"，要造花名册交政府"点编"后，才能发给被服和军饷。红军游击队方根据党的决议，游击队保持相对的独立性，同时提防国民党顽固派拿到名册后搞什么阴谋，因此游击队下山整编时，只报了人数而不交名册。彭育英答应了。上司有所怀疑询问时，彭育英巧妙周旋说，"点编了，人数的确有 1000 名"。不待上级审批下来，彭育英首先从大庾县财政中先行借拨 6000 元给游击队，以敷急用。当他得知南雄、信丰等地出现迫害游击队家属的事件时，他就以四区招抚委副主任的身份亲笔写信过去，并派专人及时送往事发地，严令军政当局认真查处。游击队中一些老弱病残不能参加抗日义勇军开赴前线，要予以转业，需要政府开给"通行证"，更需要确保这些人员今后的生命安全。彭育英特地嘱咐掌印文书赖志刚，要他多开好几百张空白函笺，都盖上大庾县政府大印，交游击队安排使用，这帮了游击队大忙。当年赣粤边中共地方组织负责人之一的杨尚奎后来回忆说："后来国民党掀起一次又一次的反共高潮时，那些未用完盖有县府大印的空白函笺，为赣南特委许多同志摆脱国民党顽固派的兜捕，起了很好的保护作用。"（《江西文史资料选辑》第 15 辑第 76 页）彭育英得知陈毅为赣州保安司令部发给抗日义勇军的被服军装都是破旧的，有的还有血污而大发脾气的消息后，立即赶往赣州，找到四区行政公署专员兼保安司令马葆衡，晓之以理，促成抗日义勇军一半破旧的衣被换成了新的，没换完的旧军装，彭育英也派人督促洗净缝补好以后，再交给义勇军办事处。在执行释放关押的政治犯的过程中，彭育英得知中共要人方志敏的爱人缪敏，还有毛泽东弟弟毛泽覃的妻子贺怡也监禁在赣州，并被判刑后，立即批准将她们释放，还安排她们在大庾县平民医院治病休养。那阵子，彭育英开释了一批共产党员。

由红军游击队整编成的抗日义勇军陆续开赴抗日前线后，赣南仍然留下来的共产党组织和成立不久的新四军的工作，也得到了彭育英的关照。中共地方组织和红军游击队处在艰难困苦之时，能得到彭育英如此的关照是很不容易的，陈毅、杨尚奎等都表示了赞赏和感激之情。陈毅在赣州与彭育英话别时久久握住他的手，深情地说："后会有期。"1940年2月，中共赣南特委负责人杨尚奎在给中共中央的工作报告中特别提到：从新四军走后，"……特别大庾县比较进步，县长彭育英公开说：'保证你们的工作人员在大庾境内工作上的便利。'有少数顽劣对我们造谣中伤，他能允许我们在《大庾日报》上进行驳斥，对过去被捕的政治犯，全部释放了，还允许我们的工作人员参加各级抗敌后援会，也容许我们新四军驻庾通讯处的存在"。

受到中共地方组织赞扬的彭育英，却屡屡受到国民党顽固派和反动恶霸地主的仇恨和恶毒攻击。他们多次联名上书控告彭育英"勾结共党，蹂躏地方，搞赤化"。多亏国共合作在当时已是全国大势，江西省政府主席熊式辉等人又是彭育英在日本读书时的同窗好友，自然会袒护彭育英。彭育英为民族大义心底坦然，依然按照自己的道德观念和行为准则行事，好好地当他的县长。1938年，为配合全民族抗战，大庾掀起了抗日宣传的高潮，各民众团体和训练班非常活跃。我们在民国档案中见到一份署期为民国二十七年的《大庾县战时民众组训干部训练班通讯录》，彭育英这年45岁，以县长身份兼干训班主任。他为《通讯录》题词："亲爱精诚"。

1939年1月，蒋介石再次撕掉了假面具，在国民党五届五中全会上提出"防共、限共、溶共"反动方针，其后，形势逐渐发生了变化，各地反动派不断滋事反共，拥护国共合作的彭育英的处境变得艰难起来。彭育英看看局势，想想如此官场也没多大意思，于是他便向江西省政府提出辞呈。熊式辉感到惋惜，尽力挽留。1939年7月5日，彭育英调任江西黎川县县长。由于他没有积极执行国民党的反共方针，许多事情不能让当局满意，所以他这个黎川县长屡受训斥。20 世纪 40 年代中期编辑的《江西通志稿》第 10 册刊有一份《江西民国卅一年以后职官备查表》，其中记载："二月。省府以黎川县县长彭育英对于地方治安疏于防范，应予撤职，遗缺派朱维汉代理。"彭育英后来还在赣南的地方上担任过时间不长的县长，也是不得已而为之，秉性不改，也仍然做不出让上峰满意的"政绩"，而老百姓都说彭县长是个好人。

后来，彭育英离开了政界，转入金融界，1942 年 12 月 29 日，出任江西省银行赣州分行经理，后转入江西裕民银行。解放前夕任裕民银行副行长时，人民解放军百万雄师已渡过长江，正向江南进军。彭育英会同裕民银行同仁护送银行物资财产撤退至赣南，到了会昌时，遭遇败逃的国民党胡琏部的散兵游勇，彭育英随身钱财物品被抢劫一空。好在彭育英机灵，瞅着一个空当逃了出来，落魄于刚被人民解放军解放了的赣州城，找到了当年自己的贴身部下、大庾县政府管印文书赖志刚。彭育英在赖志刚家住了几天，天天与赖志刚商量怎么办才好，反正随国民党往南逃是不去的了，背井离乡逃往台湾为蒋家王朝殉葬更不会去的。要找条新的出路，只有投靠共产党和人民政府。彭育英知道这才是光明大道，但又顾虑自己多年在国民党营垒里干事，当过好几个国民党地方政府的县长，也直接参加过"清剿"红军游击队的行动，共产党和人民政府会放过自己吗？

正在左右为难之时，赖志刚从报纸上看到了陈毅的大名后顿时兴奋起来，对彭育英说："你应该去上海找陈毅将军。当年我们在大庾，为他们游击队下山改编为新四军帮过忙的，我们是拥护国共合作的。即使我们在国民党县政府工作过，但没干多少坏事，陈毅将军是知道的。当年你们谈判时，他好像对你评价很好，你们临分别时，他还说了一些感谢你的话，还说'后会有期'，这不早就预料到你们还会再见面吗？"听了赖志刚的这一番话，处在彷徨中的彭育英兴奋起来了："对！对！一定要去找陈毅将军！"

不久，彭育英来到上海，找到了陈毅。陈毅一看是彭育英，老朋友似的爽朗一笑："喔，大庾县长彭先生！"彭育英忙说："惭愧，惭愧！"两双大手紧紧握在一起。彭育英双眼含泪："陈将军当年说得好，真是后会有期啊。"

陈毅听完彭育英所述大庾别后的经历，对他说："我们共产党人不会忘记帮助过我们的朋友。当年大庾、赣州谈判，彭先生深明大义，拥护国共合作，做了不少有益于国家、民族和人民的事情。现在解放了，我们欢迎彭先生参加恢复国民经济的建设，为人民再做些贡献。"彭育英高兴地答应下来。根据彭育英的学识才能和表现，经陈毅提名，彭育英被安排在中国人民银行上海市提篮桥区办事处，任副主任。后来，他还担任过上海市文史馆馆员、上海市政府参事室参事。1973年因病去世，终年近八旬。

（王阿寿）

备注：本文发表在《世纪桥》2009年第6期（总179期），原标题为《陈毅和国民党县长彭育英》。

红六军团西征在潞田佯动

1934 年 7 月 23 日，为粉碎国民党反动派的第五次"围剿"，中华苏维埃共和国中央革命军事委员会电令红六军团撤出湘赣革命根据地，组成"中央红军长征侦察、探路先遣队"，突围西征至湖南中部开辟新的根据地，并向北与贺龙、关向应的红二军团取得联系。

接到电令后，正攻打遂川衙前炮楼未果的红六军团一部果断撤至横石、新江口地区，全力为西征突围做战前准备。此时的湘赣苏区被国民党军队压缩在永新牛田周边的几十公里之内，面临前所未有的严峻形势：吉安、敖城、永阳一线，有敌二十三师李云杰驻扎；敌二十八师王懋德、独四十六旅鲍刚盘踞在泰和、遂川、衙前、五斗江、息罗一线；七十七师罗霖在遂川；六十三师陈光中占住莲花、禾山一线；五十三师李抱冰在永新、敖城之线；十五师王东沅集结在黄坳、息罗；十六师彭位仁在川峰、茨坪；六十二师陶广集结在龙沅口、峨岭仙，四周共计有敌军 8 个师 1 个旅。

经过彻夜的紧张研究，军团首长在突围的时间和突破点上，做出最后的决策：首先将西征主力部队从碧江洲（碧溪）陆续潜行至遂川衙前、横石、五斗江一带，第一时间突破衙前到五斗江地区的敌人内层封锁线，拔除沿线 50 多个碉堡和炮楼。然后不分昼夜地向西南疾进，一鼓作气，穿越遂川五斗江至湖南桂东之间的藻林（草林）、左安、高坪三道封锁线，

跳出敌人战役包围圈，前进到桂东以南地区。

8月4日下午，赤日炎炎。为了调虎离山，打开军事封锁缺口，奉命留守湘赣根据地，驻扎在双桥潭溪的地方独立第五团，遵照军团长萧克的密令，虚打着红六军团的旗号，经过湾洲、东坑，每人扛着一根竹子扎竹排，渡过蜀水河，突然出现在赣江西岸的万安潞田下东和沙塘（银塘村）一带，声称要兵分三路，突破敌阵东渡赣江。红独立五团的战士很多来自吉安东固、河东，熟悉地形，游击经验丰富。一时间，国民党统治区风声鹤唳，草木皆兵。国民党粤军、赣军各部，闻讯后仓皇出动，前堵后追。蒋介石听说红六军团要强渡赣江东进，深恐其与中央苏区的红军靠拢，不利于"围剿"，赶紧调集各路驻兵，重新布防并紧缩包围圈，妄图逼迫红军背水作战。

这一支称作"红六军团"的部队，沿着赣江两岸，时隐时现，神出鬼没，牵着敌人的鼻子兜圈子，连续游击了几天，牵制了东线乃至于南线、北线的敌人，也麻痹了西线的守敌。等到完全打乱了敌军原来的部署后，突然班师回返，销声匿迹了。前堵后截的敌人找不到红军主力，只好望江兴叹。这为红六军团顺利地从西线突围创造了极其有利的条件和时机。

8月5日，正当红独立五团活跃在赣江西岸时，红六军团以两个团的兵力，打着外出"筹款筹粮"的幌子，神速地攻占了敌内层封锁线上的支撑点———衙前，扫清了衙前至五斗江沿线的碉堡、炮楼，全歼当地保安队第三中队，活捉队长王邦杰，建立了西征的侧翼掩护阵地。

8月7日下午3点，红六军团全军9758人，由红独立四团引路，分三路从西南方向突围，开始西征：一路十七师从碧江洲（碧溪）出发，经五斗江、毛桃到达藻林（草林）；二路十八师从横石、新江口经五斗江、大坑至藻林；三路十六师从衙前经大坑、上坑、遂川县城至藻林，三路兵马于 8 日下午先后到达藻林。9 日，攻占左安，10 日，占领高坪。

被红独立五团的军事行动所迷惑和牵制在东线的敌军，惊悉红六军团已突破三道封锁线，方才如梦初醒。当他们揣测到红军的西征真实意图后，急令湘军第十五师和第十六师尾追红军，粤军也以 6 个团的兵力兼程北上，妄图将红军包围在桂东、上犹和遂川之间的地区"聚歼之"。

红六军团审时度势，抢抓突围战机，军团长萧克命令部队昼夜兼程，打着国民党军的番号，抛弃不必要的辎重轻装前进。在克服了酷热、疲劳和饥饿等诸多不利因素后，于猴子岭再次突破了桂东寒口到广东的封锁线。

8 月 11 日中午，红六军团到达湖南桂东寨前圩，胜利地跳出了敌人的战役包围圈。12 日，在寨前圩召开西征胜利誓师大会，正式宣布红六军团的领导机关：萧克为军团长兼十七师师长，王震为军团政委兼十七师政委，任弼时为红六军团的最高领导机关———军政委员会主席，统帅红六军团的西征。

靠着红独立五团的兵出双桥，在赣江西岸下东、沙塘的"佯动"牵制，红六军团声东击西，自 8 月 7 日由遂川横石开始西征起，至 10 月 24 日到达贵州印江县木黄，与红二军团胜利会师为止，共越过敌人四道碉堡封锁线，摆脱 10 倍于己的兵力追堵，转战两个多月，行程 5000 余里，以伤亡近一半的巨大牺牲，有效地牵制住湘、鄂敌军，起到了为"中央红军长征侦察、探路的先遣队作用"，拉开了全国红军万里长征的磅礴序幕。

（袁卫生、刘祖刚）

备注：本文发表于 2021 年 9 月 3 日《井冈山报》，原标题为《红六军团：调虎离山启西征》。

后记

习近平总书记指出，"一个有希望的民族不能没有英雄，一个有前途的国家不能没有先锋"，"我们要铭记光辉历史、传承红色基因，在新的起点上把革命先辈开创的伟大事业不断推向前进"。

针对中小学生缺乏生动形象的革命历史读物这一现状，从 2022 年起，万安县政协就制定计划，拟从轰轰烈烈的万安革命历史斗争中，选择一些有代表性的历史人物和历史事件，写成通俗易懂的故事，编撰成《万安红色故事集》一书，作为普及革命历史教育的学生读物。书籍出版发行后，受到了全县广大师生的喜爱和欢迎，产生了显著的社会效益。为此，县政协决定编撰续集，充分彰显故事生动活泼、可读性强的文体特点，继续讲好革命故事、讲好万安故事。这一计划，得到了县委、县政府的关心和支持。于是，2023 年推出了《万安红色故事集（二）》，借助革命故事，让青少年铭记光辉历史，传承红色基因。

2024 年，经过对万安革命历史的梳理，发现还有一些革命事件和革命先烈"有资格"进入红色故事序列，全县广大的中小学生很有必要了解和熟悉。由此，决定编撰《万安红色故事集（三）》，作为前两本故事集的延续和拓展，以激发青少年对革命英雄的缅怀和崇敬之情，从而更加热爱家乡、热爱祖国，珍惜当下，"在新的起点上把革命先辈开创的伟大事业不断推向前进"。

为编好《万安红色故事集（三）》，县政协主要领导和分管领导自始至终参与编撰事项，主持编撰会议、审定目录大纲、参与编撰讨论……同时精心挑选人员，组建工作专班，使编撰工作得以顺利推进。本书共分"组织、斗争、信仰、忠诚"四个篇章，每个篇章至少有六个故事。不但将万安县第一个党组织"中共万安县支部干事会"、第一支武装力量"万安农民自卫军"等写成故事，而且将"万泰县委""赣西特委""红六军"的创立经过也编成故事，有力地彰显出万安是一方充满朝气和生机的革命沃土。另一方面，也重视英雄和先锋的歌颂，不仅再次写了康克清、曾天宇、张世熙、刘光万和七位开国将军的故事，而且将"萧子龙、萧玉成、严安华、魏子庚"以及"黄元萧家五兄弟"等纳入写作对象。与前两本不同的是，这本书有两个故事是以地方作为写作对象的，分别是"红色罗塘"和"英雄兰田"。八十农民上井冈是家喻户晓的革命故事，但其中有七个姑娘参与，却一直鲜为人知。因而本书又特别写了"七个姑娘上井冈"这样一个感人的革命故事。

此外，曾担任过国民党政府大庾（现大余县）县长的万安人彭育英，在国共内战的阴云笼罩下，和陈毅展开了历史性合作。面对国民党招抚委员会的掣肘，彭育英顶着压力没有对共产党进行所谓的"清剿"，为共产党队伍的发展壮大提供了宝贵支持。陈毅和彭育英的友情还体现在共同抗日的战斗岁月里。比如陈毅身上长满疥疮，彭育英不惜重金购药，表达了对陈毅的深厚友情。同时，红六军团的西征也与万安息息相关，一次成功的"调虎离山、声东击西"军事谋划，让红六军团的西征得以顺利进行。所以，本书增加了附录部分，收入了《陈毅和彭育英》《红六军团西征在潞田佯动》两个故事。

总而言之，三本书既构成一个系列，又相互补充，大体能折射出万安县波澜壮阔的革命历史全貌。

全书由郭志锋负责拟定框架大纲和修改统稿，邱裕华、刘彩芳、李艳丽、罗宏金、李海英、罗莺、桂满莲等参与了作品的围读。照片由县博物馆、郭志锋等人提供，本书党史内容由县委党史和史志研究中心的梁亮评负责审核。

本书在写作过程中参考了《天下万安》(李桂平著)和《万安暴动》(匡胜等编著)以及一些地方党史，在此向作者一并表示谢意。由于时间仓促，编撰者水平有限，本书难免有不足之处，敬请读者批评。

图书在版编目（CIP）数据

万安红色故事集 . 三 / 郭志锋主编 ; 政协万安县委
员会编 . -- 南昌 : 江西人民出版社 , 2024. 11.
ISBN 978-7-210-15976-6

Ⅰ . I247.81

中国国家版本馆 CIP 数据核字第 20240SP252 号

万安红色故事集（三）
WAN'AN HONGSE GUSHI JI（SAN）

郭志锋　主编　政协万安县委员会　编

责 任 编 辑 ：章　雷
书 籍 设 计 ：大　尉

 出版发行

地　　　　址 ：江西省南昌市三经路 47 号附 1 号（邮编 ：330006）
网　　　　址 ：www.jxpph.com
电 子 信 箱 ：120708658@qq.com
编辑部电话 ：0791-86898860
发行部电话 ：0791-86898815
承 印　　厂 ：南昌市红星印刷有限公司
经　　　　销 ：各地新华书店

开　　　　本 ：720 毫米 × 1000 毫米　1/16
印　　　　张 ：9.5
字　　　　数 ：80 千字
版　　　　次 ：2024 年 11 月第 1 版
印　　　　次 ：2024 年 11 月第 1 次印刷
书　　　　号 ：ISBN 978-7-210-15976-6
定　　　　价 ：36.00 元
赣版权登字 -01-2024-713